클린랜드

클린랜드

마틴 쇼이블레 지음 | 김완균 옮김

라임

차 례

클린랜드 5대 보건 수칙(보건법)

1. 청결만이 우리를 보호한다.

2. 타인과의 접촉은 위험하다.

3. 안전거리 유지가 안전을 보장한다.

4. 통제는 건강에 이롭다.

5. 건강이 자유보다 더 소중하다.

청결부

그 후

낯선 사람들이 다가와 나를 거칠게 밀치고 지나간다. 바지, 치마, 재킷, 그리고 셔츠가 마찰하며 부스럭거린다. 땀 냄새가 콧속으로 밀려든다. 한 아이가 큰 소리로 울자 아이 아빠가 소리를 마구 지른다.

내 앞에 검은색 가죽 재킷을 입은 남자가 서 있다. 남자의 손가락이 붉게 물들어 있다. 무언가가 바닥으로 뚝뚝 떨어졌지만, 그는 아무렇지 않은 듯이 구둣발로 바닥의 얼룩을 쓱쓱 문지른다. '이런 세상을 만나니 기분이 어때?' 하고 누군가 묻는다면, 잘 모르겠다고 대답할 것이다. 정말이다. 잘 모르겠다. 어쩌면 너무 많은 정보와 자극들이 한꺼번에 밀려들어서일지도…….

지난 몇 주 동안 이 현실에 대해 끊임없이 생각했다.

'그는 어떻게 지내고 있을까? 엄마는? 우리는? 그리고 나는?'

훨씬 더 복잡한 질문들을 던진다.

'나는 무엇을 위해 살고 있을까? 그것을 얻기 위해 무엇을 기꺼이 내줄 수 있을까?'

얼마 전까지만 해도 거의 모든 질문에 대해 분명한 답을 가지고 있었다. 그런데 지금은 잘 모르겠다.

다시금 누군가 가까이 다가오더니 내 얼굴에 대고 뭐라 중얼거리고는 금속 문을 밀며 밖으로 나간다. 마침내 분명해진다. 나는 이제 모든 사람들에게로 나아가야만 한다.

정말 그래야만 하는 걸까? 지금 이 순간, 확실한 게 딱 하나 있긴 하다. 나의 보호복, '프로텍터(다 함께 건강합시다.)'가 그립다, 사무치게.

프로텍터가 찢어지다

프로텍터가 화려한 조명을 받아 반짝이는 모습은 그야말로 환상적이었다. 수백 개의 몸뚱이가 내 주위에서 빛을 뿜으며 춤을 추었다. 안개가 자욱한 홀 전체에 빛이 가득했고, 빨간색과 초록색 빛줄기가 공간을 현란하게 가로질렀다.

머리 위쪽에 있는 유리 돔 안에는 디제이 스페이스 제인이 있었다. 그녀는 나뿐만 아니라 이 클럽에 들어온 모든 사람을 알고 있다. 다들 손목에 '컨트롤러(당신이 건강하다는 것을 모두가 알 수 있습니다.)'를 차고 있기 때문이다. 누구도 그것을 함부로 풀어서는 안 된다. 컨트롤러는 우리가 서로를 믿을 수 있는 유일한 방법이니까.

스페이스 제인에게는 컨트롤러의 데이터에 접근할 수 있는 권한이 있다. 그녀는 나의 심장 박동, 혈압, 체온은 물론이고 원한다면 내 기분까지 읽을 수 있는 셈이다. 비록 컨트롤러를 통해서지만, 우리는 아주 가까이 있는 거나 마찬가지다.

내 곁에서는 사미라가 무아지경에 빠져 춤을 추고 있었다. 굳이 컨트롤러를 들여다보지 않아도 그녀가 건강한 상태라는 것을 알 수 있다. 우리는 아주 오랫동안 친분을 쌓은 관계이기 때문이다. 사미라는 '사회 보건국(지나친 것은 건강에 해롭습니다.)'에 공식적으로 등록된 나의 접촉인, 즉 친구이다.

그때 스페이스 제인이 우리가 제일 좋아하는 노래를 틀어 주었다. 사미라는 유리 돔을 향해 두 팔을 벌리며 엄지를 치켜세우고 노래를 따라 부르기 시작했다. 거의 모든 사람들이 노래를 따라 불렀지만, 누구도 사미라만큼 멋들어지게 소화해 내지 못했다.

사미라는 노래가 끝나자 눈짓으로 바를 가리켰다. 빈자리라는 표시인 녹색등이 켜진 자리 두 개가 보였다. 우리는 자리에 앉아 패션 프루트 주스가 담긴 병의 보호 필름을 열어 밀봉된 빨대를 끄집어냈다. 그렇게 하면 프로텍터의 바이저(헬멧의 앞쪽에 부착되어 턱 밑까지 오는 장비로 얼굴 피부와 눈을 보호해 준다.—옮긴이)를 벗지 않고도 주스를 마실 수 있었다. 우리는 챙그랑 소리를 내며 병을 맞부딪쳤다.

"오늘 밤을 위하여!"

내가 소리치자 사미라가 뭐라고 대답했다. 시끄러운 음악 소리 때문에 무슨 말인지 알아들을 수 없었다. 사미라의 시선을 따라가 보니, 웬 남자아이 한 명이 눈에 들어왔다. 솔직히 꽤 귀여웠다. 하지만 그 정도 외모는 이곳에서 어렵지 않게 찾아볼 수 있었다. 사미라가 손목을 들어 불빛이 깜빡이는 컨트롤러를 보여 주었다.

노아가 당신을 알고 싶어 합니다. 사회 보건국에 시험 만남을 신청하시겠습니까?

그러나 사미라는 그 메시지를 지워 버렸다. 명백한 거절이었다. 그러면서 남자아이를 향해 기운 내라는 듯이 슬쩍 윙크했다. 그 아이도 별로 기분이 상하지는 않은 듯이 미소로 답한 뒤 자리를 떴다.

얼마 지나지 않아서 우리의 컨트롤러가 다시 한번 반짝거렸다. 이번에는 데이트 신청이 아니라 클럽에서 보내 온 안내 메시지였다.

화장실의 살균 소독이 끝났습니다. 사용 예약하시겠습니까?

주스를 마저 들이켠 뒤 자리에서 일어나 우리 몫으로 배정된 구역을 지나갔다. 바닥에 빨간불이 들어왔다. 댄스 플로어를 예약한 사람이 자리를 비우면 켜지는 표시등이었다. 누구든 플로어에서 춤을 추려면 사전에 예약해야 한다. 그래야 너무 많은 사람이 한꺼번에 몰려서 다닥다닥 붙은 채 춤추는 걸 예방할 수 있기 때문이다.

화장실로 가는 도중에 안전거리를 지키지 않은 아이를 피하려다가 그만 미끄러져 바닥에 넘어졌다. 몸을 일으키는 순간, 프로텍터의 무릎 부분이 약 0.5센티미터가량 찢어져 있는 걸 발견했다. 지금 막 찢어진 건지, 아니면 이전부터 찢어져 있었던 건지 알 수가 없었다. 사미라는 내가 넘어진 것도 모르고 앞서 걸어갔다. 서둘러 그 뒤를 좇아갔다. 화장실에 도착해 컨트롤러를 인식시키자 입구의 문이 열렸다. 나는 너무 무서워서 거의 비명을 지르다시피 하며 큰 소리로 말했다.

"프로텍터에 문제가 생겼어!"

내가 무릎 언저리를 가리키자 사미라가 상체를 숙여 찢어진 곳을 자세히 살펴보았다.

"아파?"

"아니, 하지만 신고는 해야지."

"꼭 그래야 할까?"

"당연하지!"

컨트롤러로 클럽 지원팀에 연락하자 2분 뒤, 클리너(소독과 살균을 담당하는 일종의 청소부.—옮긴이)가 도착했다. 불빛이 깜빡거리는 명찰에는 '닉'이라는 이름과 함께 '클리너(믿고 맡겨 주세요.)'라는 문구가 적혀 있었다.

닉 아저씨가 컨트롤러로 내 이름을 파악한 뒤 차분하게 말했다.

"쉴로 양, 걱정하지 마세요. 어디가 찢어졌나요?"

나는 조심스럽게 무릎을 가리켰다.

"언제 이렇게 되었죠?"

"아마도 몇 분 전에요."

"아마라고요?"

이런 경우에 부정확한 대답은 문제가 될 수 있었다. 프로텍터가 파손된 시간이 길어질수록 사람들의 감염 위험성도 그만큼 커지기 때문이다. 물론 내가 바이러스에 감염되었거나 그와 비슷한 문제가 있는 경우라면 말이다. 프로텍터가 찢어진 이후에 나를 만났거나 나와 가까이 있었던 사람들은 모두 의심 환자로 분류되어 검사 대상이 된다. 내 것 말고 다른 프로텍터에도 문제가 있을지 모르기 때문이다.

닉 아저씨는 벽 수납장에서 빨간색 십자가가 그려진 가방을 꺼내더니, 스캐너의 포장을 풀고 내 무릎을 확인한 다음에 스프레이를 칙칙 뿌렸다. 무릎에서 차가운 기운이 느껴졌다.

"이제 한 가지 조치만 더 하면 됩니다."

닉 아저씨가 프로텍터의 찢어진 틈새 위로 검정색 보호막을 붙였다. 그러고는 컨트롤러로 우리 집의 위치를 확인하며 말을 이었다.

"집이 그리 멀지 않으니 도착할 때까지는 아무 문제가 없을 겁니다. 밖에 택시가 대기하고 있어요."

나는 입술을 깨물며 마지못해 고맙다고 인사했다. 마음 같아서는 클럽에서 조금 더 놀고 싶었지만. 어쩔 수 없는 일이었다.

닉 아저씨가 덧붙여 말했다.

"안타까운 얘기지만 사미라 양도 곧바로 격리 조치에 들어가야겠네요. 그런데 쉴로 양의 공식 접촉인인가요?"

대답을 원하는 질문이 아니었다. 닉 아저씨는 우리에 관한 모든 데이터를 확인할 수 있었으니까. 사미라는 짐짓 불만스러운 표정으로 입을 꾹 다물었다.

"사미라 양은 쉴로 양 곁에서 28분 동안 춤을 춘 뒤 바에서 음료를 마셨군요."

사미라가 눈을 부릅뜨며 대꾸했다.

"맞아요. 저도 격리 대상자예요."

닉 아저씨는 모든 사항을 꼼꼼히 체크했다.

잠시 후 우리가 입고 있던 프로텍터에 빨간불이 켜지더니 깜빡이기 시작했다. 빨간색 프로텍터는 개인 안전 모드로 '격리'를 뜻했으며, 다른 사람들에게 우리를 조심하라고 알려 주는 일종의 경고 신호였다. 지금 당장 집으로 돌아가야만 했다.

안내에 따라 클럽 밖으로 나가는데, 다른 클리너들이 와서 우리가 지나간 자리를 소독했다. 출구로 나와 보니 사람들이 바닥에 그어진 노란색 선에 맞추어 거리를 둔 채 길게 줄을 서 있었다. 우리 주위에서 춤을 추었던 사람도 몇몇 있었는데, 그들의 프로텍터에도 빨간불이 들어와 있었다. 모두 격리 대상인 것이다. 그중에는 우리를 맞아 주었던 바텐더도 있었다. 바텐더가 먼저 알은척을 했다.

"두 분의 파티도 끝난 건가요?"

"네, 아쉽게도……."

미안하고 당혹스러워 아무 말도 할 수가 없었다. 그는 지금의 사태가 나 때문에 일어난 줄은 모르는 듯했다.

바텐더가 진지한 표정으로 고개를 끄덕이더니 빨간불이 깜빡이는 자신의 프로텍터를 바라보며 말했다.

"우리 집에는 세 살짜리 아이도 있어요. 모쪼록 별일이 아니었으면 좋겠네요."

마음 같아서는 당장이라도 사실대로 말해 그를 안심시켜 주고 싶었다. 하지만 그 어떤 것도 확신할 수 없었다. 혹시라도 내가 어떤 바이러스에 감염되었을 수도 있고, 지금 이 순간 내 몸에서 어떤 병이 퍼지고 있을 수도 있으니까.

별안간 사미라가 손뼉을 쳤다. 프로텍터 속에 묻힌 손에서는 그저 둔탁한 소리만 울릴 뿐이었지만.

"그나저나 이제 우리 파티는 어디에서 계속하지?"

역시 사미라다운 반응이었다. 내 친구는 어떤 일이 일어나든 크게 개의치 않았다. 물론 쉽사리 기가 죽지도 않았다. 그 말을 들은 바텐더가 소리 내어 웃었고, 나도 빙그레 미소를 지었다. 그저 기분을 풀어주기 위한 농담이라는 걸 우리 모두 알고 있으니까.

출구에 서 있는 클럽 직원 양옆에는 건장한 체격의 보안 요원 두 명이 함께 서 있었다.

"보건법을 준수하세요!"

직원이 클럽 방문객들에게 당부하듯이 인사를 건네자, 사람들도 크고 작은 목소리로 대답했다. 불안한 와중에도 모두 일상적인 인사말을 잊지 않았다. 사미라는 그 광경을 빤히 지켜보다가 씩씩하게 인사했다.

"건강하세요!"

그러고는 택시 정류장으로 향하며 나지막한 목소리로 중얼거렸다. 결코 남들 앞에서 속 시원히 할 수 없는 말이었다.

"보건법이야말로 우리를 병들게 한다고!"

자가 격리 모드

"잠깐만 기다리세요!"

택시 운전사가 다급하게 말하고는 뒷좌석에 보호 필름을 펼쳐 깔았다. 그리고 컨트롤러의 지시에 따라 차 안에다 살균 소독 스프레이 '안티셉트(청결은 건강이다.)'를 뿌렸다. 우리 프로텍터에 빨간불이 켜졌다는 것을 이미 알고 있는 듯했다.

사미라와 나는 멀찍이 떨어져서 기다리다가 준비가 끝난 뒤에야 뒷좌석에 올라탔다. 앞좌석과 뒷좌석 사이에는 유리로 만든 위생 칸막이가 설치되어 있었다.

운전사가 컨트롤러를 들여다보며 주소를 확인한 뒤 물었다.

"어느 분 집부터 들를까요?"

"너희 집부터 갈까?"

나는 사미라의 말에 고개를 끄덕였다. 굳이 마다할 이유가 없었다. 가능한 한 빨리 탈이 난 프로텍터로부터 자유로워지고 싶었고, 집에 가서 건강 상태를 꼼꼼하게 확인해 보고 싶었다.

곧이어 택시가 부르릉 소리를 내며 출발했다. 사미라가 컨트롤러를 터치해 클럽에서 들려주는 스페이스 제인의 음악을 라이브로 틀었다. 그 음악 소리가 왠지 나를 향한 비난처럼 느껴졌다. 나 때문에 우리의 파티가 일찍 끝나 버린 탓에 음악을 못 듣게 되었다는!

물론 사미라는 절대로 그렇게 생각하지 않을 것이다. 프로텍터에 문제가 생긴 게 내 책임이 아니라는 것을 누구보다 잘 알고 있었다. 프로텍터는 언제 어디서든 망가질 수 있으니까. 그 애는 단지 우리가 택시 안에서라도 즐거운 시간을 보낼 수 있기를 바랐을 것이다.

사미라가 걱정스러운 표정으로 나를 바라보았다.

"너, 떨고 있는 거야?"

"좀 추운 것 같아. 피곤하기도 하고……. 또 넘어진 자리가 아픈 것 같기도 해."

사미라가 고개를 갸웃하며 미소를 지었다.

"너 이제 큰일 났다. 절대로 살아남지 못할 거야."

"맞아, 절대로!"

나는 사미라의 말을 따라 하며 슬며시 웃었다. 이건 우리끼리만 알아들을 수 있는 대화법이었다.

학교 기지에서 만나 친구가 된 이후, 우리는 실제와 반대되는 뜻의 과장된 표현을 주고받으며 시간을 보내곤 했다. '정말 끔찍했어.'는

'진짜 괜찮았어.'라는 뜻이고, '정말정말 쉬웠어.'는 '엄청나게 어려웠어.'라는 뜻이었다. 다른 사람들이 알아듣지 못하도록 우리끼리만 사용하는 이러한 표현 방식은 어느새 일종의 은어가 되었다.

우리는 5학년 때 학교 기지에 시험을 치러 갔다가 만나서 친구가 되었다. 그렇게 시험 볼 때를 제외하면 서로 얼굴을 마주할 기회가 거의 없었다. 평소에는 '가정 학습(거리를 유지할수록 안전합니다.)'으로 비대면 수업을 받고 있기 때문이다.

잠시 후 택시가 멈추자 운전사가 뒷좌석으로 고개를 틀었다.

"첫 번째 손님 댁에 도착했어요. 보건법을 준수하세요!"

"네, 건강하세요."

나는 운전사에게 인사를 한 뒤 사미라에게 미소를 지어 보이고 택시에서 내렸다. 택시비를 낼 필요는 없었다. 개인 안전 모드로 인해 택시를 이용할 경우에는 청결부에서 택시비를 부담했다. 가능한 한 빨리 집으로 돌아가 다른 사람을 감염시킬 위험을 줄이는 게 무엇보다 중요하기 때문이었다. 만일 택시를 이용할 수 없는 경우라면 병원 구급차를 불러야만 했다.

서둘러 엘리베이터를 타고 아파트 꼭대기 층인 집으로 향했다. 이제 다른 사람들은 당분간 엘리베이터를 이용하지 못할 터였다. 이 엘리베이터는 원래부터 중간층에 서지 않는데, 엘리베이터 안의 공간이 안전거리를 유지하기에 너무 좁아서 이용 인원을 제한한 까닭이었다.

엄마가 청결부에서 일하게 되면서, 우리 가족은 이곳으로 이사를 왔다. 전에 살던 집보다 훨씬 크고 넓었다. 현관문 앞 에어록(출입구에 설치한 이중문으로, 오염 관리 시 두 문이 동시에 열리지 않도록 방지하는 장치.—옮긴이)에 들어서자 홈 컨트롤러가 내 신분을 확인한 뒤 전반적인 상태를 스캔했다. 나는 신발을 벗어 정화 박스에 넣고 실외용 프로텍터를 벗은 뒤, 수납장에서 실내용 프로텍터를 꺼내 입었다. 그사이에 홈 컨트롤러의 검사가 완료되었다는 안내 메시지가 떴다.

체온 상승으로 개인 안전 모드가 48시간으로 연장되었습니다.

마침내 현관문이 열려 집 안으로 들어섰다. 일단 방으로 가 침대 위에 걸터앉았다. 사미라에게 걸려 온 영상 통화를 수락하자 벽 스크린에 화면이 떴다. 아직 택시를 타고 집에 가고 있는 중이었다. 사미라가 화면에 얼굴을 바짝 들이대며 말했다.

"정말 고마워!"

"뭐가?"

사미라가 손목에 찬 컨트롤러를 손가락으로 툭툭 쳤다.

"덕분에 격리 시간이 48시간으로 연장됐어."

"알아, 다 나 때문이야."

"대체 무슨 일이야?"

"열이 있대."

"열이 있다고?"

사미라는 내가 전송한 신체 정보를 확인했다.

"다 헛소리야. 그냥 좀 놀라서 그런 것뿐이라고. 아무 일 없을 테니까 걱정 마!"

그때 현관문이 여닫히는 소리가 났다. 엄마가 퇴근한 모양이었다. 엄마는 내가 집에 일찌감치 들어와 있는 줄 모를 것이다. 예정대로라면 아직 클럽에 머물고 있었을 테니까.

밖에서 들려오는 소리에 귀를 기울였다. 평소와는 뭔가 다른 느낌이었다. 전자레인지에서 삑삑 소리가 나더니 의자가 삐거덕거리는 소리도 났다. 그리고 또……, 뭐지? 엄마가 우는 건가?

내가 한참 동안 아무 말이 없자 사미라가 다급하게 물었다.

"왜 그래? 괜찮아?"

"엄마가 막 퇴근해 들어오셨어."

"주말인데도 이렇게 늦게까지 일하셔? 청결부에 다니셔서 그런가?"

"엄마도 늘 그렇게 말씀하셔."

"거기 사람들은 원래 이렇게 늦게까지 일해?"

"엄마가 최근에 그곳으로 이직하셨잖아. 다른 사람들에게 성과를 보여 줘야 한다는 생각 때문에 더 열심히 일하시는 건지도 몰라."

사미라는 그사이에 집에 도착했다. 사미라네 부모님은 대부분의 사람들처럼 재택근무를 했다. 주방과 욕실 사이에 두 분이 각자 사용하는 '간이 사무 박스(당신의 직업은 안전합니다.)'가 설치되어 있었다. 사미라네 집에 놀러 갈 때면, 부모님은 대개 그 안에 앉아서 일을 하고 있었다. 지금은 늦은 시각이라 사무 박스의 문이 열려 있었고, 열린 문틈 사이로 작은 책상과 모니터가 보였다. 사미라네 부모님은 우리 엄마처럼 늦게까지 일하는 경우가 거의 없었다.

사미라는 오히려 그 점이 불만이었다. 부모님이 자기에게 관심을 쏟으며 질문을 퍼부을 시간이 많기 때문이었다. '시험은 잘 봤어? 예습은 다 했고? 청소 좀 도와줄래?' 물론 요즘 어떻게 지내는지 묻는 것도 잊지 않았다. '왜 그렇게 시무룩한데? 오늘은 무슨 좋은 일이라도 있었어?' 나로 말할 것 같으면 우리 엄마도 그런 질문을 해 주었으면, 하고 바랄 때가 많았다. 무관심한 엄마 생각만 하면 솔직히 말해 화가 불쑥 치밀었다.

그때 사미라의 남동생이 달려오는 모습이 보였다. 사미라의 프로텍터에서 빨간불이 반짝이고 있음에도 불구하고, 녀석은 순식간에 사미라의 품속으로 뛰어들었다.

나는 깜짝 놀라 소리를 질렀다.

"오스카! 너희 누나는 지금 안전 모드야!"

나는 거칠고 장난기 많은 오스카가 좋았다. 이제 열 살이 된 개구쟁이는 누나보다 더 활달하고 뻔뻔스러운 성격을 지녔다. 나에게도 저런 동생이 있었으면, 하고 종종 바라곤 했다. 하지만 우리 엄마에게 오스카 같은 아들이 있었다면 아마도 감당이 안 돼서 진작에 자포자기해 쓰러지고 말았을 것이다.

"자가 격리해야 한다고? 정말?"

깜짝 놀라 되묻는 오스카의 프로텍터에서도 빨간불이 깜빡이기 시작했다. 누나한테 너무 가까이 접근했기 때문이다. 나는 고개를 절레절레 저었다.

"으으으!"

오스카는 신음 소리를 내며 바닥에 쓰러져 뒹굴기 시작했다. 목을 움켜잡고 숨을 헐떡이며 눈을 부라렸다. 사미라가 오스카를 일으켜 세우는데, 뒤에서 사미라 엄마가 외치는 소리가 들렸다.

"오스카! 장난 그만 치고 얼른 침대로 돌아가지 못해?"

오스카가 금세 풀이 죽어 대답했다.

"알았어요. 지금 간다고요."

그러고는 자기 방 쪽으로 콩콩 뛰어가며 나에게 인사했다.

"쉴로 누나, 잘 자!"

"그래, 우리 엉터리 배우님도 잘 자!"

오스카가 갑자기 휙 돌아서더니 사미라의 컨트롤러 쪽으로 달려와 느닷없이 카메라의 렌즈를 혀로 핥고 도망갔다. 화면 위에 침 자국이 뿌옇게 남았다.

"이런 심술꾸러기 같으니!"

사미라가 소리를 지르며 침 자국을 닦아 냈다. 다시금 사미라의 얼굴이 또렷이 보였다.

"오스카는 보통 몇 시에 자?"

"절대 안 자!"

사미라가 심각한 표정을 지으며 대답했다.

"그럼 저녁 약은? 안 먹는 거야?"

"저녁…… 뭐라고?"

사미라가 마치 아무것도 모른다는 듯이 놀란 얼굴로 되물었다.

"하여간 너희 가족은 진짜로 못 말린다니까!"

"왜?"

사미라가 눈을 흘기며 묻고는 두 볼을 빵빵하게 부풀린 채 슬그머니 윙크를 했다. 나는 헛웃음을 터뜨리며 고개를 저었다.

"알았어. 잘 자고, 내일 봐."

영상 통화를 종료하자 방 안 가득 적막감이 밀려들었다. 나는 엄마에게 무슨 일이 있는지 궁금했다. 정말 우는 거였을까? 밖으로 나가 보니 주방에서 불빛이 새어 나왔다. 엄마는 주방에 있는 듯했다.

주방으로 향하자 내 프로텍터의 빨간불이 더 빠르게 깜빡거렸다. 개인 안전 모드에 들어간 내가 가까이 다가가고 있다는 걸 엄마에게 미리 경고하는 것이었다. 엄마는 오스카와는 달리, 모든 법이나 규정을 철저히 엄수했다. 그러지 않았다면 결코 청결부에 들어가지 못했을 테지만.

나는 조심스럽게 주방 문을 열었다. 엄마는 위생 유리창에 머리를 기댄 채 울고 있었다. 유리창 너머에는 또 한 명의 잠들지 못한 사람이 서 있었다.

전쟁은 언제나 책상 앞에서 시작된다

나는 문 앞에 우뚝 멈춰 섰다. 엄마가 손수건으로 눈물을 훔쳤다. 한동안 우는 모습을 보지 못했는데……. 엄마에게도 한때 힘든 시기가 있었다. 아빠와 이혼했을 때였다. 하지만 그건 아주 오래전 일이었다. 그 당시 나는 밤마다 엄마가 침실에서 흐느끼는 소리를 들었다. 엄마는 혼자 있고 싶어 했고, 아무 문제 없다고 큰소리치곤 했다. 나는 어린 나이였음에도 엄마의 말이 거짓이라는 걸 알아차렸다.

그런데 이번에는 침실이 아닌 주방에서 엄마가 울고 있었다. 하지만 혼자가 아니었다. 늦은 시각임에도 위생 유리창 너머에는 엄마를 기다리는 누군가가 있었다.

엄마가 손바닥으로 유리창을 쓰다듬었다. 반대편에서도 검버섯이 가득한 작고 주름진 손이 올라오더니 유리창에 손바닥을 갖다 붙였다. 유리창을 사이에 두고 두 사람은 서로 손바닥을 맞대었다.

위생 유리창은 주방과 '안전실(통찰의 방)'을 갈라놓았는데, 안전실에는 할머니가 살고 있었다. 나이가 아주 많은 할머니는 위험 집단으로 분류되었다. 즉, 별것 아닌 질병조차 할머니에게는 치명적인 위협이 될 수 있기에 늘 건강에 유의해야 한다는 뜻이다.

작고 주름진 손이 유리창에서 떨어지는가 싶더니, 마치 느린 화면처럼 나를 향해 손짓했다. 할머니가 나를 발견한 것이다. 내 프로텍터가 구급차처럼 깜빡이고 있기에 눈에 띈 모양이었다.

엄마가 그제야 뒤를 돌아보고는 움찔 놀랐다.

"우리 딸, 언제 왔어? 아직 클럽에 있는 줄 알았는데……."

엄마는 그렇게 말하며 식탁 위에 벗어 두었던 바이저를 얼른 집어 들었다.

"그런데 왜 안전 모드야?"

나는 문지방 앞에 서서 저녁에 무슨 일이 있었는지 상세하게 말했다. 할머니도 컨트롤러를 통해 내 이야기를 들었다. 위생 유리창 따위는 우리 사이에 아무런 장애물이 되지 않았다. 나와 엄마는 무슨 일이든지 할머니에게 상의했다. 하지만 할머니는 가끔 혼자만의 시간을 갖고 싶다면서 컨트롤러의 스피커를 비활성화했다.

할머니의 방, 즉 안전실에 있는 수많은 특수 장치가 그곳을 세상에서 가장 안전한 장소로 만들어 준다. 그 장치들은 물과 공기를 철저하게 정화하고, 죽은 박테리아와 바이러스를 걸러 낸다. 그 덕분에 안전실 안에서만큼은 프로텍터를 착용할 필요가 없어서, 할머니는 유행에

뒤떨어진 구식 옷을 입고 방 안을 자유롭게 돌아다녔다. 물론 할머니 앞에서는 '구식'이라는 말을 절대로 꺼낼 수 없지만.

잠자코 내 얘길 듣던 할머니가 걱정스러운 표정으로 물었다.

"그래서 지금 다리는 좀 어때?"

"괜찮아요. 아프지도 않고요. 그냥 프로텍터가 살짝 찢어지는 바람에……."

"그나마 다행이구나. 하지만 안전한 게 최고야. 당분간은 집에만 있는 게 좋겠어."

엄마가 컨트롤러를 가볍게 터치하며 확인하듯이 물었다.

"그럼 체온이 올라간 건?"

그새 내 신체 정보를 확인한 모양이었다. 엄마에게는 당연히 내 컨트롤러에 접근할 권한이 있었다. 그래서 예전에는 틈만 나면 내 컨트롤러를 들여다보곤 했다. 이제는 예전만큼 성가시게 하지는 않았다. 나를 믿어서라기보다는 감시하면서 들들 볶을 시간이 없어서인 듯했다.

할머니가 깜짝 놀라 물었다.

"열이 난다고?"

"네……, 사미라 말로는 좀 놀라서 그런 걸 거래요."

엄마가 끼어들었다.

"사미라는 너의 공식 접촉인일 뿐이지 의사가 아니야."

나는 컨트롤러를 들여다보며 대답했다.

"어쨌든 지금은 체온이 정상이에요."

엄마가 의자에서 일어나며 말했다.

"그래, 다행이지 뭐니? 아무튼 안전 모드니까 할머니 말씀처럼 당분간 집에만 있어."

그러고는 위생 유리창 위에 손을 올리고 할머니에게 미소를 지어 보였다.

"밤이 늦었어요. 엄마도 이제 그만 들어가서 주무세요."

할머니가 고개를 끄덕이자 엄마는 침실로 갔다. 나는 냉장고에서 딸기 요구르트를 꺼내 와 식탁 앞에 앉았다. 식탁은 위생 유리창 너머, 안전실까지 이어져 있었다. 문득, 할머니와 함께 커다란 식탁 앞에 앉아 있는 듯한 기분이 들었다. 물론 할머니와 음식을 나눠 먹을 수 있는 것도 아니고, 요구르트를 건네줄 수 있는 것도 아니지만.

안전실로 들어가는 통로는 만일의 사태를 대비해 폐쇄되어 있었다. 엄마가 실수나 부주의로 안전실 밖으로 나왔다가 비극을 맞이한 사람들의 이야기를 해 준 적이 있다. 애초에 몽유병자였거나, 아니면 안전실 밖의 세상이 그들의 건강에 얼마나 해로운지를 까맣게 잊은 사람들 이야기였다. 최악의 경우는 손자와 손녀들이 할머니, 할아버지를 만나겠다며 안전실로 떼 지어 찾아간 사건이었다. 결국 안전실로 들어가는 입구를 봉쇄함으로써 그 문제를 해결했다.

엄마는 어린아이들이 보건 수칙을 받아들이고 내면화하기까지 얼마나 많은 시간이 필요했는지 말하곤 했다. 생각해 보면 오스카만 해도 그 법칙을 지키는 걸 무척 힘들어했다.

나는 천천히 요구르트를 먹기 시작했다. 언제부턴가 프로텍터의 빨간불이 깜박이지 않았다.

아까부터 궁금했던 걸 물었다.

"할머니, 엄마가 왜 운 거예요?"

할머니는 주방 쪽으로 가더니 김이 모락모락 올라오는 컵 하나를 들고 돌아왔다. 컵 안에는 갈색 액체가 담겨 있었다.

깜짝 놀라 나도 모르게 큰 소리로 외쳤다.

"그거 커피예요?"

"한 잔쯤은 마셔도 괜찮아."

"하지만 할머니 혈압이……."

"쉿! 목소리 좀 낮춰. 우리 집 청결부 직원이 듣기라도 하면 날 얼마나 들들 볶겠니?"

할머니가 엄마 방을 가리키며 눈을 찡긋했다. 나는 웃음이 터지려는 걸 애써 참으며 단호한 표정으로 고개를 저었다.

"그래도 할머니한테는 커피가 안 좋아요."

"왜? 너무 늦은 시각이라서?"

"그것도 그렇고요."

"그런가? 그렇다면 날 편히 자게 내버려 둬야지. 왜 네 문제로 성가시게 하는 건데?"

할머니는 말은 그렇게 하면서도 환하게 웃고 있었다. 그러고는 커피 한 모금을 맛있게 음미했다.

"여기에 설탕을 조금 넣으면 더 맛있을 텐데……, 아쉬워."

"할머니도 참! 설탕은 절대로 안 돼요!"

나는 다 먹은 요구르트 컵을 식기세척기에 넣은 뒤 다시 유리창 앞으로 다가가 앉았다.

"그런데 커피가 대체 어디에서 났어요?"

물론 나는 그 답을 알고 있다. 우리 집 클리너인 코스타 아저씨가 가져다 드린 게 분명했다. 클리너만이 안전실을 드나들 수 있기 때문이다. 할머니에게는 아직 간병인이 필요하지 않았으니 용의자는 단 한 명뿐이었다. 모든 클리너가 그렇듯이, 코스타 아저씨는 우리 모두가 잠든 늦은 밤에 찾아와 일을 했다. 클리너는 특수 제작한 프로텍터를 입었으며, 업무를 수행하기 위한 별도의 교육을 받았다. 그래서 안전실에서 어떻게 행동해야 하는지 누구보다 잘 알고 있었다. 엄마는 클리너를 전적으로 신뢰하며 입버릇처럼 이렇게 말하곤 했다.

"우리라면 그들만큼 안전하고 확실하게 소독을 할 수 없을 거야."

그런 클리너가 할머니에게 커피를 몰래 가져다주었다니!

할머니가 웃으며 대답했다.

"걱정 마. 코스타 씨에게는 아무 일도 없을 테니까. 혹시라도 이런 일로 곤란을 겪게 해서는 안 되지."

"저는 코스타 아저씨 때문이 아니라 할머니의 건강이 걱정돼 그러는 거예요."

"나는 아무 문제 없어. 어차피 이제는 더 이상 커피도 마실 수 없을 테고."

"왜요?"

"코스타 씨가 더는 이곳에 오지 않거든."

"뭐라고요?"

"이 커피는 작별 인사로 준 선물이야."

"코스타 아저씨가 떠났어요? 어디로요?"

할머니가 손에 든 컵을 내려다보며 말했다.

"그 사람도 이제 나이가 제법 들었어. 일이 무척 고된 모양이야. 코스타 씨가 밤마다 우리 아파트에 있는 다섯 가구를 살균 소독하는 건 알고 있지?"

나는 거기까진 미처 알지 못했다. 게다가 아저씨를 직접 만나 본 적도 없었다. 그저 늦은 밤에 잠 못 들고 깨어 있을 때 언뜻 아저씨의 그림자만 스치듯 보았을 뿐이었다.

"코스타 아저씨가 클리너를 그만둔 거예요? 왜요? 나이가 너무 많이 들어서요?"

"더 이상 클리너 일을 하고 싶지 않대. 그 사람은 클린랜드를 떠날 거야."

난생처음 듣는 이야기였다. 시크랜드에서 살겠다고 자발적으로 클린랜드를 떠나는 사람은 아무도 없었다. 학교 기지에 갔을 때 시크랜드에서의 삶을 요약하는 세 단어를 배웠다.

'오염, 패배, 저주.'

오늘은 참 이상한 날이었다. 본의 아니게 프로텍터가 찢어져 클럽을 찾은 이들의 절반가량을 자가 격리 상태로 몰아넣었고, 오스카의 프로텍터마저 빨간불이 들어오게 만들었다. 엄마는 직장에서 무슨 일이 있었는지 집에 돌아와 울었고, 할머니는 코스타 아저씨를 걱정하고…….

나는 말린 망고 한 봉지를 가져와 입에 물었다.

"그런데 엄마는 왜 저렇게 슬퍼하는 거예요?"

할머니는 그새 식어 버린 커피를 한 모금 홀짝였다.

"걱정이 되어서 그래."

그러고는 입을 꾹 다물어 버렸다.

할머니가 나를 어린아이 대하듯 하는 게 영 마음에 들지 않았다. 나도 이제 다 컸는데. 부모님의 이혼으로 인한 아픔까지 다 이겨 냈는데!

나는 물러서지 않았다.

"뭐가 걱정인데요?"

"아주 힘든 결정을 내려야만 한대."

"어떤 결정이요?"

할머니가 커피 잔을 식기세척기에 넣었다.

"그건 나도 잘 모르겠구나."

그러고는 침대로 걸어가 협탁 위의 책 한 권을 집어 들었다.

"뭐, 보나 마나 청결부 일 때문이겠죠. 엄마는 왜 그렇게 힘들어하는 걸까요? 그냥 책상 앞에 앉아서 사무만 보는 거잖아요."

할머니는 내 말을 못 들은 척하며 침대에 누워 이불을 덮었다. 할머니에게 더 이상의 대답을 기대하기는 어려울 듯했다.

그때 할머니가 알 수 없는 말을 했다.

"네 엄마가 책상 앞에만 앉아 있다고? 쉴로, 지금까지 모든 전쟁은 언제나 책상 앞에서 시작되었단다."

이건 또 무슨 소리지? 내가 물어보기도 전에 할머니는 컨트롤러의 스피커를 끄고 책을 펼쳤다.

새벽 한 시가 되어서야 침대에 누웠다. 할머니 말씀이 머릿속에서 계속 맴돌았다. 지금까지 모든 전쟁이 책상 앞에서 시작되었다고? 당연하다. 전쟁이 일어나려면 특별한 원인이나 계기가 있어야 할 테니까. 하지만 그게 엄마와 무슨 관련이 있다는 걸까?

엄마는 국가 방위부가 아니라 청결부에서 일하는데……. 할머니는 대체 왜 전쟁 이야기를 불쑥 꺼낸 거지? 나는 마구잡이로 떠오르는 생각을 그만 떨쳐 버리고 싶었다.

이럴 때 도움이 되는 게 있다. 바로 '밤의 치유자(건강한 수면)'를 먹는 것. 물 반 컵과 함께 밤의 치유자를 삼켰다. 알약은 완두콩만큼 작고, 깜깜한 밤처럼 검은색이다. 나는 2분도 채 지나지 않아 깊이 잠들었다.

새로 온 클리너

아침 아홉 시가 조금 지나서야 잠에서 깨어났다. 일요일 아침에 이불 속에 누워 꼼지락거리는 것보다 더 기분 좋은 일은 없다. 오늘은 가정 학습도 없고 과제도 없으니, 그야말로 온전히 사미라와의 날이다!

곧장 사미라에게 영상 통화를 걸었다.

"좋은 아침!"

"좋은 아침! 쉘로, 우리 집으로 올래? 아니면 밖에서 만나 같이 아침 먹을까? 곧바로 운동하러 가도 좋고."

"글쎄……, 어떡할까?"

너무 많은 질문이 한꺼번에 쏟아져 정신이 하나도 없었다. 이제 몇 시나 됐다고 저리 서두르는 걸까? 대체 언제부터 깨어 있었던 거지? 게다가 사미라는 히죽히죽 웃고 있었다. 왜 웃는 거야?

"쉴로, 우리는 아무것도 할 수 없어!"

사미라가 깔깔 웃으며 말했다.

"그게 무슨 소리야?"

"우리 지금 자가 격리 대상자잖아. 안전 모드! 벌써 까먹은 거야?"

아, 그렇지! 나는 얼른 신체 정보를 확인했다. 밤의 치유자는 맡은 바 임무를 완벽하게 수행했고, 건강 지수도 최고였다. 하지만 격리 상황에 놓여 있는 한 그런 정보들은 아무런 도움이 되지 않았다. 프로텍터가 찢어진 게 없는 일이 되진 않으니까.

사미라는 여전히 기분이 좋아 보였다.

"따지고 보면 격리되는 게 완전히 나쁜 것만도 아니야."

"어째서?"

"어차피 공부해야 하잖아. 과학 시험 공부! 그것도 그새 잊은 거야?"

"하지만 오늘은 일요일이잖아……."

나는 못내 아쉬워 투덜거렸다.

"너는 시험을 잘 못 봐도 괜찮을지 모르겠지만 나는 절대로 그렇지 않아. 우리 엄마는 청결부 직원이 아니고……."

"사미라! 쓸데없는 소리는 됐고. 한 시간 뒤에 다시 연락할래?"

"30분 뒤에 봐. 게으름뱅이 공주님!"

"황금 같은 휴일에 과학 시험 공부라니! 어휴, 진짜 끔찍한 하루가 되겠군."

나는 힘없이 고개를 떨구었다.

보건법에 관한 한 사미라는 나보다 훨씬 느긋하고 여유만만했다.

그러나 시험에 대해서만큼은 좀처럼 여유가 없고 농담도 할 줄 몰랐다. 그 애에게는 좋은 점수가 무엇보다도 중요하니까. 상대적으로 나는 그렇지 않았다. 엄마가 청결부에서 일하고 있기 때문이었다. 엄마가 몇 군데 연락을 하면, 어렵지 않게 일자리를 구할 수 있을 터였다. 이건 매우 불공평한 일이지만 이 세상이 돌아가는 방식이 그랬다.

그래서 사미라가 좋은 점수를 받을 수 있도록 돕고 싶었다. 정확히 30분 뒤, 스크린 앞에 앉았다. 스크린 화면을 두 개로 분할해 한 화면에는 사미라가 나오고, 다른 화면에는 내가 공부하는 모습이 나오도록 설정했다. 사미라를 끈질기게 졸라서 게임 모드도 활성화시켰다. 문제 풀이에서 정답을 먼저 알아낸 사람이 포인트를 얻었다. 그렇게 쌓인 포인트를 교환해서 아바타에게 필요한 장비를 마련하는 것이었다.

엄마와 할머니는 각자의 시간을 보내느라 바빴다. 엄마는 방에다 사무 박스를 설치해 놓고 하루 종일 그 안에서 시간을 보냈다. 할머니는 참가자들이 나와 온갖 장기를 겨루는 탤런트 쇼를 종일 틀어 놓았다. 쇼는 몇 시간 동안이나 생중계되는데, 예선전에만 50명 이상의 사람들이 참가할 정도로 인기가 높았다.

공부를 하다 보니 어느새 저녁이 되었다. 나는 주방으로 가 전자레인지에 음식을 데우면서 위생 유리창을 통해 안전실을 건너다보았다. 할머니는 안락의자에 앉아 스크린을 뚫어져라 보며 컨트롤러를 통해 참가자들을 평가하고 있었다.

한 여자가 불빛이 번쩍이는 사람들을 피해 도망 다니고 있었다. 불빛 인간들이 여자를 잡으려고 달려들었다. 내가 지금 격리 상태여서 누군가 가까이 다가오면 빨간불이 깜빡거리는 처지라 그런지, 그 모습이 썩 재밌어 보이진 않았다. 결국 여자가 넘어지자 다음 참가자가 나와서 자신의 행운을 시험했다.

이 경연에 참가하는 사람들은 대부분 클리너였다. 그들에게는 이 쇼가 엄청난 기회였고, 행운이 따른다면 큰돈을 벌 수도 있었다. 그중에는 시크랜드에서 이주해 온 사람도 있었고, 경제적으로 힘든 상황에 처한 사람도 있었다. 어쨌거나 대회의 상금은 큰 도움이 될 터였다.

“방금 저 사람한테 10점을 줬어.”

할머니가 컨트롤러를 터치하며 말을 걸었다.

“아직 쇼가 진행 중이잖아요. 좀 더 지켜보세요.”

“좋은 사람 같지 않니? 너하고 딱 어울릴 것 같은데.”

“할머니도 참! 저는 남자 친구 따위는 필요 없어요.”

할머니가 소리 내어 웃었다.

“나도 그렇게 말하곤 했지.”

그러고는 화면에서 눈을 떼지 않은 채 작은 목소리로 덧붙였다.

“네 할아버지를 만나기 전까지는 말이야.”

나는 아무 말 없이 접시를 치우고 전자레인지도 깨끗이 닦았다. 할머니는 입을 꾹 다문 채 쇼를 보았다.

얼마 뒤, 할머니에게 조심스럽게 물었다.

“할아버지 이야기 해 주실래요?”

할머니가 우울해할 때면 종종 도움이 되는 마법 같은 질문이었다. 하도 많이 들어서 이제 할아버지에 관한 이야기라면 달달 외울 수도 있을 정도였지만. 할머니의 기분이 좋다고 해서 할아버지 얘기를 꺼내지 말란 법은 없으니까 슬쩍 용기를 냈다.

그러나 할머니는 고개를 살래살래 저었다.

"설로, 지금은 말고."

할아버지는 내가 아주 어렸을 때 돌아가셨다. 할아버지가 살아 있었다면 할머니가 안전실에서 혼자 지내지는 않았을 것이다.

그로부터 사흘 후, 이상한 꿈을 꾸었다. 밤의 치유자는 깊이 잠들 수 있도록 도와주는 약으로, 그걸 먹으면 자다가 중간에 깨는 일이 거의 없었다. 하지만 그날 밤은 꿈 때문인지 밤의 치유자가 아무런 도움이 되지 못했다.

꿈속에서 나는 다시 클럽에 가서 스페이스 제인의 음악에 맞추어 춤을 추었다. 사미라가 곁에 있었고, 바에 있던 바텐더가 우리를 향해 손을 반갑게 흔들었다. 그때 클리너 닉 아저씨가 갑자기 나타나더니 내 앞에 서서 무릎을 가만히 응시했다. 나는 춤을 멈추고 아래쪽을 내려다보았다. 넘어진 적도 없는데 프로텍터의 무릎 부분이 손바닥이 들어갈 만큼 크게 찢어져 있었다. 어떻게 된 거지? 그때 무릎의 상처가 눈에 들어왔다. 상처가 점점 부풀어 오르더니 갑자기 핏방울이 바닥에 뚝뚝 떨어지는 게 아닌가! 사미라는 깜짝 놀라 손바닥으로 입을 틀어막았고, 닉 아저씨는 소리를 바락바락 질러 댔다.

주위에 있던 사람들이 나를 가리키며 비명을 질렀다. 사람들이 나를 피해 출구로 달려가자 클럽 안이 온통 빨간불로 깜박이기 시작했다. 내부가 완전히 안전 모드로 바뀌어, 어느 누구도 밖으로 나갈 수 없게 되었다. 높은 무대 위의 돔 안에 있던 스페이스 제인이 밧줄을 타고 아래로 내려왔다. 나는 비로소 그녀의 주름진 얼굴을 또렷이 보았다. 우리 할머니였다.

소스라치게 놀라 잠에서 깼다. 어두컴컴한 방 안이었다. 그런데 나 혼자 있는 게 아니었다. 방 한쪽 구석에 누군가 서 있었다. 깜짝 놀라 비명을 지르자 그 사람이 바닥에 무언가를 떨어뜨렸다. 뭔가 깨지는 소리가 나자 그도 놀라 비명을 질렀다. 나는 얼른 불을 켰다. 한밤중에 내 방을 찾아온 낯선 이의 프로텍터에는 클리너를 뜻하는 대문자 'C'가 큼지막하게 붙어 있었다. 그 아래에 있는 문구는 굳이 읽지 않아도 알 수 있다. '믿고 맡겨 주세요.'

새로 온 클리너는 코스타 아저씨보다 적어도 50년은 더 젊어 보였다. 기껏해야 나보다 나이가 조금 더 많은 정도일 듯했다. 그는 무척이나 수줍어하면서 슬며시 미소를 지었다. 그런 다음에 뭐라고 말했지만, 아직 잠이 덜 깨어 몽롱한 상태라 제대로 알아듣지 못했다. 밤의 치유자가 내 머릿속에 벽을 하나 세워 놓았는데, 그 벽은 누구도 쉽사리 뛰어넘을 수 없었다.

클리너는 바닥에 떨어진 살균 소독기를 침착하게 집어 들었다. 나는 뭐라고 말을 하고 싶었지만 입술이 좀처럼 움직이지 않았다. 너무 피곤해서 자꾸만 눈이 스르륵 감겼다. 잠시 후 클리너가 방의 불을 끄고 조용히 나가는 소리가 들렸다.

다시 눈을 번쩍 떴을 때는 사방이 환하게 밝아 있었다. 클리너는 사라진 지 오래였다. 그와 인사라도 나눴으면 좋았을 텐데. 문득 그의 수줍은 미소가 떠올랐다. 기분이 묘했다.

청결함을 즐기십시오. 클리너에게 만족하십니까?

아침이면 컨트롤러에 이런 메시지가 떴다. 클리너의 청소에 대한 만족도를 확인하는 것이었다. 평소 같으면 밤의 치유자 덕분에 깨지 않았을 텐데, 간밤에 그는 나 때문에 무척 놀랐을 것이다. 양심의 가책이 느껴져 방의 상태를 확인하지도 않고 별 다섯 개를 주었다. 어제는 별을 몇 개 주었더라? 클리너가 바뀐 지 며칠이 된 것 같은데……. 그런데 왜 새로 온 클리너 생각을 하고 있는 거지? 이상하게도 생각을 멈출 수가 없었다.

서둘러 일어나 샤워를 한 뒤 살균 소독한 프로텍터를 착용했다. 아침을 먹을 시간이 없었다. 학교 기지로 가서 과학 시험을 쳐야 했기 때문이다. 지하철을 타고 30분 정도 이동한 뒤에야 나지막한 건물 앞에 도착했다. 구내식당에 가서 막 소독이 끝난 빈자리를 찾아 앉은 뒤 시리얼과 꿀이 든 세이지 차를 마셨다.

사미라는 집에서 아침을 먹고 나와 구내식당 앞으로 나를 데리러 왔다. 우리는 만나자마자 시험장으로 뛰어갔다. 시험장은 앞뒤가 탁 트인 널찍한 공간으로, 학생들은 3미터 간격을 유지하고 앉았다. 과학 선생님이 시험장 앞쪽에 서서 기다리고 있었다. 뒤쪽 벽에는 시험 시간을 알려 주는 계시기(소요 시간을 재는 데 쓰는 기계)가 걸려 있었는데,

시험 시작 전까지 아직 조금의 여유가 있었다.

나는 앞에 앉은 사미라에게 속삭이듯이 말했다.

"우리 집에 클리너가 새로 왔어."

"그래?"

"근데 우리보다 기껏해야 몇 살 정도 더 많은 것 같아."

사미라가 고개를 갸웃거렸다.

"그걸 어떻게 알았는데?"

"어젯밤에 그 사람을 봤거든."

"클리너를 봤다고?"

"응."

"밤의 치유자 먹는 걸 깜빡했어?"

"아니, 당연히 먹었지. 근데 악몽을 꾸는 바람에 잠이 깨서……."

그 순간, 과학 선생님이 두 팔을 활짝 벌리며 시험 시작을 알렸다.

시험은 네 시간 뒤에야 끝이 났다. 성적은 두 시간 후에 확인할 수 있었다. 우리는 모두 자리에서 일어나 시험장 밖으로 나갔다. 과학 선생님이 출구 앞에서 인사를 건넸다.

"보건법을 준수하거라!"

"네, 선생님도 건강하세요."

사미라와 나는 학교 기지 맞은편에 있는 작은 공원으로 갔다. 소독이 완료된 벤치를 사미라가 미리 예약해 두었다. 우리는 시험일마다 그 벤치에 앉아서 수다를 떨었다. 가정 학습은 더할 나위 없이 실용적이었지만, 이렇게 집 밖으로 나와 사람들을 관찰하는 것도 꽤 재미있었다. 다른 반 아이들이 시험을 치기 위해 건물로 들어가는 게 보였다. 사람들이 끊임없이 오가는 거리 풍경이 사뭇 흥미로웠다.

그러나 오늘은 다른 아이들 이야기를 할 새가 없었다. 벤치에 앉자마자 사미라가 새로운 클리너 이야기를 꺼냈다.

"클리너가 우리 또래처럼 보였다고?"

"응, 내가 보기엔 그랬어."

"인상은 괜찮아 보였고?"

"글쎄, 거기까지는 미처 신경을 못 썼네."

"아이참, 속 시원히 말해 봐!"

"살짝 관심이 생기긴 했어."

"관심?"

내가 고개를 끄덕이자 사미라가 소리 내어 웃었다.

"갑자기 왜 웃어?"

"사랑에 빠진 사람들이 보통 그렇게 말하거든."

"사랑은 무슨! 아직 그 애를 알지도 못하는데."

"그래서 이제 어떡할 거야?"

"뭘 어떡해?"

"너희 둘의 다음 이야기는 어떻게 되는 거냐고!"

"어떻게 되긴? 이야기한 게 다야. 어차피 그 애를 다시 만나지는 못할 테고, 저번처럼 이상한 꿈을 꾸다가 깬다면 모를까……. 게다가 그 애는 클리너잖아."

집요하게 캐묻던 사미라가 천천히 고개를 끄덕였다. 클리너와 친분을 맺는 건 일절 금지되어 있었기 때문이다. 클리너에게는 관심이 생겨도 시험 만남조차 신청할 수 없었다. 정말 이상한 일이다. 그 애에 대해 아무것도 모르면서 왜 자꾸 이런 생각을 하게 되는 걸까?

사미라가 눈을 반짝이며 말했다.

"하지만 그게 뭐 어때서? 네가 원한다면 그 아이와 이야기할 수도 있는 거 아니야?"

"밤에는 잠을 자야 하니까 그럴 기회는 없는 거나 마찬가지지."

"네가 실수로 밤의 치유자 먹는 걸 깜빡한다면?"

"사미라, 말도 안 되는 소리 좀 그만해!"

나도 모르게 발끈해서 쏘아붙이고 말았다. 사미라가 내 얼굴을 살피며 말을 얼버무렸다.

"나는 그냥……."

"왜? 내가 보건법을 너무 엄격하게 지킨다고?"

"그래, 때로는 조금 더 유연하게 대처해도 된다는 뜻이었어."

"그럴 수는 없어!"

나는 자리에서 벌떡 일어섰다.

"우리 엄마가 청결부에서 일하고 있잖아."

내가 앉았다 일어난 자리에 불이 깜박거리며 안내 메시지가 떴다.

남은 예약 시간은 11분입니다.

위험천만한 돌발 행동

나는 작별 인사도 하지 않고 곧장 지하철역으로 뛰어갔다. 사미라에게 단단히 화가 났기 때문이다. 무슨 일이 있어도 밤의 치유자만은 포기할 수 없었다. 아니, 사회가 정한 규칙이나 법규를 그리 쉽게 외면할 수 없다고 할까. 솔직히 말하면 이런 나와 달리 용기 있는 사미라가 부러울 때도 있다. 어쩌면 그게 내가 이토록 화가 난 진짜 이유일지도 모른다.

사미라가 부리나케 쫓아왔다.

"쉴로, 내 말은 그런 의도가 아니었어."

"그렇다면 왜 밤의 치유자 이야기를 꺼낸 건데?"

"그건 내가 종종 밤의 치유자를 먹지 않기 때문이야. 그런데도 이렇게 아무 문제 없이 살고 있잖아."

"부모님이 뭐라고 하시진 않아?"

"우리 부모님도 나랑 똑같은걸. 그리고 내가 알기로는 클린랜드의 다른 사람들도 많이들 그렇게 해."

"그래도 나는 건강하게 살고 싶어."

사미라가 가슴 앞으로 팔짱을 끼며 물었다.

"혹시 밤의 치유자를 먹고 나면 머리가 아프지 않아?"

나도 사미라처럼 팔짱을 꼈다. 우리 모습이 엄마 아빠가 이혼하기 전, 날마다 부부 싸움하던 때를 떠오르게 했다.

"밤의 치유자를 먹으면 머리가 아프지 않냐고?"

"응, 이마 뒤쪽에서 뭔가 잡아당기는 것 같은 불편한 느낌 말이야."

"아니. 뭐, 가끔 그랬던 것 같기도 해."

사미라가 내 말투를 흉내 내며 되물었다.

"아니. 뭐, 가끔 그랬던 것 같다고?"

"그래, 하지만 그건 내가 밤의 치유자를 너무 조금 먹었기 때문일 수도 있어. 밤마다 두 알을 먹는 게 더 좋은데 말이야. 안 그래?"

"알았어. 그럼 아예 한 이백 알쯤 먹어 보든지."

사미라가 못 말리겠다는 듯이 깔깔거리며 웃기 시작했다. 나도 따라 웃고 말았다. 긴장으로 팽팽하던 분위기는 매번 이렇게 웃음이 터지는 바람에 언제 그랬냐는 듯이 흐지부지되곤 했다. 그게 바로 우리 엄마 아빠와의 차이점이었다. 나는 부모님이 함께 웃는 모습을 거의 본 적이 없었다.

사미라가 화해하자는 듯이 팔꿈치로 내 옆구리를 찔렀다. 나도 사미라의 옆구리를 쿡 찔렀다. 우리는 아직 예약 시간이 남아 있는 공원 벤치로 서둘러 돌아갔다.

사미라가 벤치에 앉으며 입을 열었다.

"이제 진짜진짜 중요한 문제로 돌아가자."

"그게 뭔데?"

"어쨌든 너도 새로 온 클리너에 대해 알고 싶은 거지? 다시 만나서 말을 걸 생각 있어?"

나는 잠시도 머뭇거리지 않고 대답했다.

"아니, 절대로 그럴 생각 없어."

사미라가 알았다는 듯이 고개를 끄덕였다. 아마 내 속마음을 눈치챘을 것이다.

예약 시간이 끝나자 벤치에 빨간불이 들어왔다. 곧장 자리에서 일어나야 했다. 몇 걸음 가지 않았는데 빈 벤치가 나타났다. 고장이 난 건지 불이 아예 들어와 있지 않았다. 사미라가 그 앞에 우뚝 멈춰 섰다.

"여기야말로 우리를 위한 자리네!"

"하지만 소독이 안 되었잖아."

사미라가 가방에서 안티셉트 통을 꺼내더니 벤치 위에 대고 1분 동안 소독약을 뿌려 댔다.

"이제 됐지? 여기서는 교문도 아주 잘 보여!"

나는 그저 웃을 수밖에 없었다. 더군다나 벤치도 말끔하게 소독했으니 거부할 이유가 없었다.

"그나저나 네 열성 팬도 시험 치러 오겠지?"

"그 애는 죽었어!"

나는 사미라의 대답에 깜짝 놀라서 소리를 지르고 말았다.

"뭐라고?"

"아아, 진짜로 죽은 게 아니라 나한테는 죽은 거나 마찬가지라는 뜻이야."

사미라가 컨트롤러를 터치해 그 아이의 프로필을 보여 주었다. 그새 다른 학교 기지에서 전학 온 여자아이를 새로운 접촉인으로 등록해 놓고 있었다.

"나쁜 놈이네."

내 말에 사미라가 격렬하게 고개를 끄덕였다.

그때 갑자기 내 컨트롤러에 집에서 온 비상 메시지가 떴다. 우리는 자리에서 벌떡 일어나 지하철역으로 뛰어갔다.

30분 후, 집에 도착해 에어록 앞에 섰다. 지하철을 타고 온 게 신의 한 수였다. 이보다 더 빠를 수는 없었다. 빨리 오겠다고 택시를 이용했더라면 교통 체증으로 훨씬 더 오래 걸렸을 것이다. 우리가 차례차례 에어록 안으로 들어서자 홈 컨트롤러가 스캔을 했다. 클럽 사건 이후 에어록 안에 설 때면 왠지 긴장이 되었다. 또다시 안전 모드로 돌아가고 싶지는 않았다. 프로텍터에 빨간불이 들어와 깜빡이는 것도 당혹스러웠고, 격리되는 기분도 썩 좋다고 할 수가 없었다.

다행히 둘 다 안전하다는 결과가 나오면서 초록불이 반짝였다. 사미라와 함께 주방으로 가려는데 엄마가 에어록을 통과하는 소리가 들렸다. 우리는 아무 말 없이 서둘러 주방으로 향했다.

할머니는 안전실이 아니라 주방에 있었다.

"할머니?"

수납장 위로 몸을 숙이고 있던 할머니가 움찔 놀라 똑바로 일어섰다. 그러고는 휘둥그레진 눈으로 우리를 바라보았다. 우리가 들어오는 소리를 듣지 못한 듯했다.

"오늘은 아주 일찍 들어왔구나!"

나를 힐끔 쳐다보는 사미라에게 말없이 어깨만 으쓱해 보였다.

엄마는 아무 말도 하지 않았다. 신경이 바짝 곤두서 예민해져 있는 게 분명했다. 자신은 청결부에서 혹독하게 일하는데, 엄마라는 사람이 안전실을 빠져나올 궁리를 하고 있었다니!

"대체 이게 무슨 일이에요?"

나는 침묵이 내려앉은 주방의 분위기가 너무나 숨이 막혀 할머니에게 다그치듯 물었다.

할머니가 뭔가 핑곗거리를 생각하는 동안, 나는 나대로 추측을 해보았다. 안전실의 필터 시스템에 무슨 문제가 있었던 거 아닐까? 산소가 너무 부족하다거나 하는 문제 말이다. 그런 비상사태가 일어나 안전문이 자동으로 열린 걸지도 모르니까. 하지만 그런 경우라면 구급차가 곧장 출동했을 것이다.

"할머니, 무슨 일이에요?"

내가 다시금 물었지만 할머니는 입을 꾹 다문 채 그저 바닥만 내려다보았다.

"여기서 뭐 하고 계셨어요?"

엄마가 수납장을 가리키며 물었다. 놀란 가슴을 어느 정도 진정시킨 모양이었다.

"소금."

할머니는 그 말만 하고 다시 입을 다물었다.

"소금이요?"

엄마가 되묻자 할머니가 항변하듯이 대답했다.

"배급받은 소금이 다 떨어졌어!"

"소금 때문에 안전실에서 나오신 거예요?"

사미라가 다정하게 물었다.

"소금이 없어선지 음식에서 아무 맛이 나지 않아."

할머니는 그만한 일로 자신을 엄청난 위험 속에 몰아넣은 것이다.

엄마는 말없이 고개를 떨구고 할머니처럼 주방 바닥을 내려다보면서 말을 이었다.

"혈압이 높다는 걸 생각하셔야죠. 소금은 엄마 건강에 정말 안 좋다고요. 그리고……."

엄마는 말을 하다 말고 사미라를 바라보았다.

"사미라, 정말 미안한데 이만 돌아가 줄래?"

"그렇지 않아도 지금 막 가려던 참이에요."

사미라는 우리 엄마가 지금 얼마나 당혹스러운 상태인지 충분히 공감하는 표정이었다. 어차피 조금 뒤에 나한테서 오늘 있었던 이야기를 모두 듣게 될 터였다.

"보건법을 준수하세요!"

사미라가 고개를 숙여 인사를 건넸다. 늘 듣는 인사말이지만, 지금 같은 상황에선 매우 낯설게 들렸다.

"건강하거라!"

엄마가 사미라에게 인사를 하자, 할머니도 입술을 살짝 움직여 뭔가 나직이 웅얼거렸다.

엄마는 현관문이 여닫히는 소리를 듣자마자 다시 할머니를 향해 돌아서며 물었다.

"대체 안전실에서 어떻게 나오신 거예요?"

우리는 잠자코 할머니 말씀에 귀를 기울였다. 그러는 와중에도 필요한 만큼의 안전거리를 유지했다. 할머니가 안전실의 비밀번호를 말하며 윗옷 주머니에서 네모난 카드 한 장을 꺼내 보여 주었다. 코스타 아저씨가 갖고 있던 카드였다.

엄마가 컨트롤러를 신경질적으로 터치하며 말했다.

"코스타 씨는 벌써 며칠 전에 우리 집 클리너 일을 그만두었네요."

할머니가 고개를 끄덕였다. 코스타 아저씨는 마지막 근무 때 할머니에게 커피 한 봉지를 주었을 뿐만 아니라, 자신의 출입 카드까지 두고 간 모양이었다. 그 이야기를 들은 엄마는 소스라치게 놀랐다.

"그럼 코스타 씨가 그 카드를 엄마께 직접 드렸다는 말씀이세요?"

할머니가 묘한 표정으로 대답했다.

"아니면 실수로 놓고 간 것일 수도 있지. 자세한 내막은 나도 잘 모르겠구나."

엄마는 할머니 말씀을 조금도 믿지 않는 눈치였다. 할머니는 어떻게든 이 난처한 상황을 넘겨 보려고 애를 썼다.

"아! 이제 기억이 나. 코스타 씨가 에어록을 지나갈 때 주머니에서 카드가 빠져서 바닥에 떨어진 모양이야. 내가 몇 시간 후에 발견했는데, 그때는 이미……."

엄마가 고개를 가로저었다.

"그럼 그 카드를 왜 여태까지 보관하셨어요? 그때 바로 저한테 얘기하시지 않고요!"

나는 엄마처럼 꼬치꼬치 따지고 싶지 않았다. 물론 나도 할머니의 행동이 어리석고 위험하다고 생각했다. 그러면서도 대담하다는 생각이 들었다. 이 모든 사태가 몇 그램의 소금 때문이라니!

"너한테 말한다는 게…… 어쩌다 보니 그만 깜빡했지 뭐니?"

엄마는 할머니 말씀을 곧바로 반박했다.

"깜빡하셨다고요? 안전실 비밀번호는 잘만 기억하고 계시면서요?"

"그게 그러니까……."

"알았어요. 됐어요."

엄마가 할머니 말씀을 싹둑 자르며 입술을 깨물었다. 무언가를 이해하고 용서하는 것은 엄마의 성격과 거리가 멀었다.

"어쨌거나 이렇게 함부로 안전실을 벗어나시는 건 정말 위험한 일이라고요."

할머니는 가타부타 말하지 않고 안전실로 이어진 에어록으로 들어갔다. 코스타 아저씨의 카드와 비밀번호만 있으면 언제든 다시 밖으로 나올 수 있었다.

"카드는요?"

엄마가 소리 높여 묻자 할머니가 카드를 높이 치켜들더니 침대 옆에 놓인 재활용품 처리기 속에 던져 넣었다. 분명히 나중에 카드를 다시 꺼내실 테지.

밤이 되어 잠들기 전에 사미라와 영상 통화를 하면서 아까 있었던 일들을 그대로 전해 주었다. 사미라는 할머니의 삶이 무척이나 서글프게 느껴진다고 말했다. 사미라 뒤로 오스카가 환하게 웃으며 달려가는 모습이 보였다. 그제야 비로소 기분이 조금 풀렸다.

"도와주세요! 괴물이 쫓아오고 있어요!"

오스카가 날카롭게 비명을 질렀다. 사미라 아빠가 아들을 쫓다가 문득 화면을 돌아보며 나에게 인사를 건넸다.

"쉘로, 안녕!"

그러고는 전동 칫솔을 카메라에 들이대며 물었다.

"너도 예전에 칫솔 괴물에게 쫓겨서 도망친 적 있지?"

내가 뭐라고 대답하기도 전에 사미라가 버럭 화를 냈다.

"아빠! 여기는 제 방이라고요!"

"사미라, 왜 화를 내? 뭐가 어때서."

나는 서둘러 사미라를 달랬다. 내가 보기엔 전혀 문제 될 게 없었기 때문이다. 물론 나에겐 어릴 적에 칫솔 괴물에게 쫓기던 기억 같은 건 없었다. 아빠가 어린아이처럼 소란을 피우며 나를 잡기 위해 온 집 안을 뛰어다니던 기억도.

그래서인지 나는 사미라네 부모님이 좋다. 특히 지금같이 천진한 모습을 좋아한다. 나에게도 저런 집과 가족이 있으면 좋겠다.

잠깐의 소동 뒤에 우리는 함께 드라마를 시청했다. 스크린의 절반은 드라마가, 나머지 절반은 클로즈업된 사미라의 얼굴이 채웠다. 〈클린랜드의 수호자들-사랑과 전쟁〉은 국경을 지키는 군인들에 대한 이야기로, 세 번째 시즌이 방영되고 있었다.

이번 에피소드에서는 군인들이 국경에서 컨테이너를 살균 소독하는 내용이 나왔다. 컨테이너를 들여오기 전에 그 안에 든 내용물들을 일일이 확인했는데, 그 과정에서 채소 상자 뒤에 숨어 있는 시크랜드 사람들을 발견했다. 그들은 침입자, 즉 허가 없이 클린랜드로 들어오고자 하는 사람들이었다.

오스카는 아직 어려서 이 시리즈를 볼 수 없었다. 그런데도 어떻게 알았는지 드라마의 영향을 받기라도 한 것처럼 군인이 되고 싶어 했다. 어디를 가나 광고 영상은 볼 수 있기 때문일까? 석양빛을 받은 헬리콥터가 천둥소리를 내며 날아가고, 군인들이 숲속에 텐트를 친 채 모닥불 옆에 둘러앉아 있는 영상 말이다. 오스카의 눈에는 그런 모습이 진정한 모험처럼 보일지도 몰랐다.

하지만 오스카와 군대라니……. 오스카가 입대를 하면 군대는 그야말로 혼란에 빠지지 않을까? 누군가 군인으로 살아가는 오스카의 삶에 대한 영상을 만든다면, 제목은 '사랑과 전쟁'이 아니라 '혼돈과 재미'가 될 것이다.

그 시각, 우리 집에서도 한 편의 혼란스러운 이야기가 전개되고 있었다. 엄마가 할머니가 벌인 일을 청결부에 즉각 신고한 것이다. 엄마의 직장 동료가 곧바로 전화를 걸어 왔다. 그는 엄마에게 걱정하지 말라면서 어쩔 수 없는 일이지 않느냐고 위로했다. 현재의 시스템이 문제이며, 클린랜드를 떠나면서 그런 행동을 한 코스타 씨가 비난받아야 할 일이라고 말했다. 그러고는 코스타 씨의 카드는 이제부터 효력을 상실할 거라고 덧붙였다.

〈클린랜드의 수호자들〉 마지막 에피소드는 예기치 않은 결말로 끝이 났다. 하필이면 질과 앨리스가 헤어지다니! 두 사람은 20편의 에피소드가 진행되는 동안 잠시도 떨어지지 않았던 커플이었다. 처음에는 동지로 출발했지만, 얼마 후 사회 보건국에 등록한 접촉인이 되었다. 그리고 결국에는 공식 커플이 되었는데……. 사미라와 나는 네 번째 시즌에서 그들이 다시 화해하기를 바랐다.

스크린을 끈 뒤 밤의 치유자 한 알을 꺼냈다. 오늘은 약을 먹을 생각이 없었지만, 약 포장지에는 날짜에 맞춰 번호가 딱딱 매겨져 있었다. 약을 먹지 않았다는 걸 엄마에게 들키지 않으려면 미리 없애는 게 안전했다.

예고된 패닉

처음에는 잠을 쫓기 위해 영화라도 한 편 볼까 했지만, 엄마에게 들킬지도 몰라서 지레 포기했다. 예전처럼 일일이 검사하지는 않았지만, 그래도 분명히 날마다 '하루 요약 정보'를 확인할 터였다. 거기에는 내가 언제 무슨 영상을 보고 어떤 게임을 했는지는 물론이고, 들은 음악과 읽은 책의 목록이 전부 기록되어 있었다.

나는 옷장에서 책을 한 권 가져왔다. 할아버지가 주신 소설책으로, 이걸 받았을 때는 아직 글을 읽을 줄 몰랐다. 할아버지는 내가 글자를 배우기도 전에 돌아가셨지만, 그때 상황은 아직도 또렷하게 기억이 난다. 우리는 거실 책장 앞에 서 있었다.

"책 한 권 줄까?"

나는 고개를 끄덕인 뒤 책꽂이에서 책을 한 권 꺼냈다. 할아버지는 미소를 지으며 그 책을 다시 책장에 꽂고는 다른 책을 꺼내 주었다.

"언젠가는 너도 이 책을 아주 좋아하게 될 거야."

책의 표지에는 아주 오래된 버스 그림이 그려져 있었고, 한 소년이 버스 지붕 위에 앉아 먼 곳을 바라보고 있었다. 왠지 모르게 소년의 모습이 새로 온 클리너와 겹쳐 보였다.

이 책은 전 세계적인 감염병이 발생하기 전, 아직 건강한 교류가 가능했던 시절의 이야기를 담고 있었다. 이제껏 몇 번이나 책을 읽어 보려 시도했지만, 앞쪽의 세 장을 넘어간 적이 없었다. 하지만 오늘만큼은 이 책이 나를 버티게 해 주어야만 했다. 새로 온 클리너가 올 때까지 깨어 있어야 하니까!

그러나 책을 중반쯤 읽었을 때 나도 모르게 눈이 스르르 감겼다. 더 이상 견디지 못하고 책을 협탁 위에 내려놓았다. 책 아래에 밤의 치유자가 깔린 듯했지만 신경 쓸 여력이 없었다. 잠시 후, 윙윙거리는 소리가 들려서 잠이 깼다. 그사이에 무슨 꿈을 꾸었는지 기억나지 않았다.

클리너가 바닥을 살균 소독기로 밀고 있었다. 내가 잠에서 깼다는 것을 알아차리지 못한 듯했다. 그를 가만히 지켜보면서도 뭔가 찜찜한 기분이 들었다. 그에 대해 알기 위해서는 이야기를 나눠야 하는데, 뭐라고 말을 걸어야 할지 몰라서였다.

클리너는 옷장으로 가더니 살균 소독기에서 가느다란 호스를 뽑아 손잡이에 대고 소독약을 뿌렸다. 옷장 문은 주방 문과 달리 자동으로 열리지 않아 소독을 해야만 했다. 주방에서는 손짓만 해도 찬장 문이 저절로 열리고 닫혔다. 클린랜드에서는 거의 모든 문이 그런 방식으로 작동했다. 그게 훨씬 더 위생적이기 때문이었다.

나는 짐짓 잠든 척했다. 클리너는 비닐 팩에서 일회용 수건을 막 꺼냈다. 비닐 팩은 흰색인데, 그 위에 빨간색 글씨로 안티셉트 상표가 붙어 있었다. 바닥에 깔린 새 보호 필름도 안티셉트 제품이었다.

클리너가 내 쪽으로 다가오는 걸 보고 눈을 꼭 감았다. 소독제 냄새가 났다. 눈을 슬며시 떴다가 바로 앞에 서 있는 그를 보았지만, 말을 걸 기회는 놓치고 말았다. 몰래 클리너를 지켜보고 있는 듯한 상황이 펼쳐졌다. 사미라라면 한참 전에 말을 걸었을 텐데, 나는 잠자는 쉴로를 연기하는 중이었다.

클리너는 침대 테두리를 꼼꼼하게 닦은 뒤 침대맡 협탁 위의 조명등을 닦았다. 조명에는 센서가 있어서 절대로 손을 대지 않는데 왜 청소를 하는 걸까? 그는 내 방을 한번 둘러보고는 컨트롤러 화면을 가볍게 터치했다.

나는 여전히 뭐라고 말을 꺼내야 할지 몰라 망설이고 있었다. 언제든 처음 말을 꺼낼 때가 가장 어려운 것 같다. 지금 같은 상황에서는 더더욱 그랬다. 클리너는 고되서 사람들이 하고 싶어 하지 않는 일을 하는 중이고, 나는 부드럽고 포근한 침대에 편하게 누워 있는 거니까. 마실 것 좀 갖다줄까요, 하고 가볍게 물어보는 게 나으려나?

그러나 이미 너무 늦었다. 클리너가 방 청소를 마무리하고 밖으로 나가 버렸기 때문이다. 나는 멍하니 천장만 바라보았다. 더 이상 잠도 오지 않았다. 밤의 치유자를 찾으려고 협탁 위의 책을 집어 들었지만, 알약은 어디로 사라졌는지 보이지 않았다.

밤새 뒤척이다 가까스로 잠이 든 탓에 늦게까지 이불 속에서 꼼지락거렸다. 갑자기 컨트롤러가 신호음을 울리며 부르르 진동했다. 나는 눈도 뜨지 못한 채 화면을 터치해 연결을 수락했다.

"쉴로!"

엄마였다. 도저히 눈이 떠지지 않아서 맥없이 누워 있었다. 딱히 서둘러야 할 이유도 없었다.

"쉴로!"

엄마도 예전에는 지금처럼 자주 짜증을 내지 않았다. 그래서 엄마와 함께 있으면 편안하고 좋았다. 그러나 지금은 뭔가 원하는 게 있으면 대뜸 소리부터 질렀다.

"쉴로, 문! 문을 열라고!"

"문은 자동으로 열리잖아요."

"아파트 현관문 말이야!"

"엄마, 저 자고 있었어요."

"뭐? 아직도 자고 있다고? 지금이 몇 신데! 한낮이야. 가정 학습도 해야 하고 또……."

"문도 열어 줘야 하고요. 저도 알아요."

나는 눈을 비비고 일어나 하품을 하며 느릿느릿 현관으로 다가갔다. 문 앞에는 쇼핑 카트를 가져온 슈퍼마켓 점원이 서 있었다. 얼굴이 온통 수염으로 뒤덮여 있어서 예순 살은 훌쩍 넘어 보였다. 초인종 소리를 전혀 듣지 못했다. 얼마나 오래 기다린 걸까?

"죄송해요."

점원은 카메라에 대고 웃어 보였다. 내가 늦잠을 잤다는 걸 아는 모양이었다.

"서두를 것 없어요. 나도 젊었을 때는 그랬으니까."

첫 번째 안전문을 열자, 점원이 쇼핑 카트를 문 안으로 밀어 넣었다. 바닥에 설치된 작은 노즐에서 바퀴를 향해 안티셉트가 분사되었다. 스캔을 하는 데 5초도 걸리지 않았다. 카트는 청결했다.

나는 쇼핑 상자를 주방에다 꺼내 놓고 카트를 다시금 에어록으로 끌고 갔다. 엄마가 그새를 못 참고 다시 연락해 왔다.

"쉘로, 물건들은 다 확인했니?"

나는 아무 대꾸도 하지 않고 통화를 끊어 버렸다.

현관문 앞에서 기다리고 있던 점원에게 카트를 넘겨준 뒤 곧장 돌려보냈다. 사실 배송된 물품들을 일일이 확인하긴 해야 했다. 요구르트는 얼마나 오래 보관할 수 있는지, 혼합 과일은 세 봉지가 맞는지, 통밀빵은 먹기 좋은 두께로 잘려 있는지, 말린 과일은 제대로 포장되어 있는지, 균열이 간 포장재는 없는지……. 그러나 점원을 더 이상 기다리게 하고 싶지 않았다. 게다가 일일이 확인하기에는 너무나 피곤했다.

"쉘로, 늦잠 잤니?"

할머니가 테이블 앞에 앉아 점심을 먹고 있었다.

"네, 어쩌다 보니까요."

"왜? 밤의 치유자가 효과가 없었어?"

"그러게 말이에요."

그렇게밖에 말할 수 없는 나 자신이 미웠다. 때때로 엄마에게는 거짓말을 했다. 달리 방법이 없기 때문이었다. 그래도 할머니에게만은 솔직하게 대답하려고 애썼다. 할머니는 내가 거짓말을 할 수밖에 없는 질문 같은 건 아예 하지 않으니까. 적어도 오늘 이전까지는 그랬다.

"나도 그런 적이 있어. 가끔은 약이 효과를 제대로 발휘하지 못하기도 해."

나는 고개를 끄덕이며 쇼핑 상자에서 요구르트를 하나 꺼냈다. 그 안에 오트밀과 견과류를 섞은 다음에 위생 유리창 앞에 앉았다.

"어제 할아버지에게서 받은 책을 읽었어요."

할머니는 깜짝 놀라 입을 떡 벌리고선 한참 동안 다물지 못했다.

"설로, 인쇄된 책 읽는 법을 아직 기억해?"

"그럼요. 뒤에서 앞으로도 읽을 수 있는걸요."

내가 자신만만하게 대답하자 할머니가 씩 웃었다.

"어떤 나라에서는 정말 그렇다더라. 책장을 우리와는 반대 방향으로 넘긴대."

"맞아요, 저도 들었어요."

나는 냉장고에서 주스 한 병을 더 가져왔다.

"언젠가 그곳으로 여행을 가게 될지도 모르죠."

우리의 대화에 딱 맞는 광고를 찾아 할머니에게 전송했다. 할머니는 컨트롤러를 보며 생각에 잠긴 채 고개를 끄덕였다. '세이프 박스(건강하게 여행하세요.)'에 대한 광고였다. 박스 안이 약간 좁고 불편하지만, 대신에 안전만큼은 확실하게 보장해 준다나.

“세이프 박스를 이용하면 시크랜드 여행도 할 수 있어요.”

“그렇겠구나.”

어쩐지 할머니의 표정이 무척이나 슬퍼 보였다.

“할머니, 슬퍼 보여요.”

“네 할아버지와 함께 예전에 여행을 자주 다녔거든. 갑자기 그 생각이 나서.”

나도 가끔 두 분이 여행 가서 찍은 사진과 동영상을 보곤 했다. 할머니가 스크린으로 영상을 보는 걸 위생 유리창 너머로 지켜본 적도 있었다. 할머니는 다른 나라의 음악도 곧잘 들었다.

할아버지의 책 이야기를 꺼내는 게 아니었는데……. 나 때문에 할머니가 다시 할아버지 생각을 하게 된 듯해서 마음이 쓰였다. 할아버지의 죽음은 너무나 갑작스러워 충격이 매우 컸다. 두 분이 지금도 함께였다면 분명히 안전실에서도 행복하게 지냈을 텐데.

할머니와 할아버지는 끊임없이 대화하면서 요리를 즐겨 했을 것이다. 홈 트레이너 서비스를 이용해 강을 따라 자전거를 타거나 숲에서 짧은 산책을 즐기기도 했겠지. 물론 진짜 자연이 아니라 스크린에 비친 3D 영상 속에서지만. 영상이라고 해도 매우 사실적이었다.

할머니는 매일 혼자 운동을 했다. 한때는 엄마가 홈 트레이너를 위생 유리창 쪽으로 옮겨다 놓은 적도 있었다. 할머니가 산책을 하는 동안 엄마는 조깅을 했다. 그러나 청결부에서 일을 하게 된 후, 엄마는 늘 너무 늦은 시각에 잔뜩 지쳐서 집으로 돌아왔다. 엄마 말로는 점심

시간에 짬을 내어 운동을 한다고 했다.

나는 쇼핑 상자 속에 든 물건을 꺼내 선반에 쌓았다. 냉장 보관해야 하는 것들은 따로 챙겨서 냉장고에 넣었다. 할머니가 주문한 물건들도 있었는데, 오늘 밤 클리너가 깨끗하게 소독해 안전실에 정리해 놓을 것이다.

할머니는 티스푼으로 김이 모락모락 나는 컵 속의 내용물을 저었다. 그 안에 담긴 게 커피인지 아닌지 확인하고 싶지는 않았다. 어쩌면 할머니는 코스타 아저씨에게서 꽤 많은 커피를 받았을지도 모른다.

"쉴로, 토코는 어떤 것 같니?"

"누구요?"

나는 갑작스러운 질문에 놀라서 되물었다. 할머니는 컵에서 눈을 떼지 않고 다시 말했다.

"우리 집에 새로 온 클리너 말이야."

"밤에는 자기 바쁜데 클리너에 대해 뭘 알 수 있겠어요?"

그러나 할머니는 내 말에 장단을 맞춰 주지 않았다.

"간밤에 토코가 들려준 얘기랑 좀 다른걸?"

"그 아이와 벌써 이야기해 보셨어요?"

"그럼, 당연하지. 전에 있던 코스타 씨하고도 이야기를 나누곤 했는데, 이번이라고 다를 이유가 없잖니? 밤의 치유자가 나한테는 그리 효과가 없다는 걸 너도 이미 알고 있잖아. 그렇게 잠 못 들고 깨어 있으니, 클리너하고 이야기라도 나눌 수밖에……."

"그럼 새로 온 클리너가……."

"토코라니까!"

"토코가 할머니께 제가 깨어 있었다고 말했어요?"

"응."

세상에, 이를 어쩌면 좋아! 그 아이가 나를 대체 뭐라고 생각할까? 침대에 누워 잠자는 척하며 소독하는 모습을 몰래 지켜본 셈이니……. 첫인상이 최악이었을 테지.

"저는 그냥 새로 온 클리너, 그러니까 토코가 궁금했어요. 그래서 약을 안 먹었어요."

"그래도 그렇게 해선 안 돼."

"뭘 그렇게 하면 안 된다는 거예요?"

할머니가 침대 옆 협탁에서 밤의 치유자를 갖고 오더니, 포장지를 뜯어 알약을 하나 꺼낸 뒤 재활용품 처리기에 던져 넣었다.

"할머니, 지금 뭐 하시는 거예요?"

"토코가 약을 발견하지 못하도록 미리 처리하는 거야."

"토코가 그런 걸 왜 검사하는데요?"

"밤의 치유자 복용 여부는 클리너가 체크해야 할 목록 중 하나거든."

"뭐라고요?"

"자세한 건 오늘 밤에 직접 물어봐. 그 아이도 너에 대해 더 많은 것을 알게 되면 좋아할 거야."

할머니는 그 말을 끝으로 등을 보이며 돌아앉았다.

"그게 무슨 말씀이세요? 그 아이한테 벌써 제 얘길 하신 거예요?"

할머니는 아무 대꾸도 없이 컨트롤러의 스피커를 꺼 버렸다. 정말 못 말린다니까!

저녁에 아파트 일층으로 내려가 보니, 사미라가 먼저 도착해 기다리고 있었다. 조깅을 하기 위해서였다. 평소 같으면 시간을 칼같이 지켰을 테지만 오늘은 조금 늦고 말았다. 간밤에 잠을 설쳐서 생체 리듬이 엉망인 데다 머릿속도 뒤죽박죽이었다.

사미라가 나를 보며 고개를 끄덕였다.

"상태가…… 좋아 보이네!"

"그럴 리가 없을 텐데?"

나는 컨트롤러를 터치해 신체 정보를 사미라의 눈앞에 들이밀었다.

사미라가 실없이 웃으며 말했다.

"수면 패턴이 좀 엉망이긴 하네."

우리는 곧바로 조깅을 시작했다. 공원으로 가는 길에 어젯밤 일을 이야기해 주었지만, 사미라는 내 말에 귀를 기울이지 않는 눈치였다. 컨트롤러의 안내에 따라 인적이 드문 코스로 접어든 뒤, 공원을 가로질러 흐르는 강을 따라 달렸다. 이용료가 비싼 코스라 일주일에 딱 한 번만 예약했다. 그런데 저만치 다리 앞에 경찰 두 명이 서 있었다. 경찰이 우리의 컨트롤러를 스캔해 예약 여부를 확인한 뒤 통과시켜 주었다.

조깅을 하면서 이야기를 나눌 수도 있었지만 둘 다 입을 꾹 다물고 뛰기만 했다. 나는 무척 피곤했고, 사미라에게는 뭔가 문제가 있는 듯했다.

내가 먼저 조심스럽게 물었다.

"괜찮은 거야?"

"그럼, 괜찮고말고."

사미라가 아무렇지도 않다는 듯이 대답했다. 그 말의 속뜻은 '제대로 되는 게 하나도 없어!'였다.

"부모님 때문에 스트레스받아서 그래?"

"아니."

10분쯤 침묵이 이어진 후, 더 이상 참지 못하고 자리에 멈춰 섰다.

"대체 무슨 일 때문에 그러는데?"

사미라는 뒤로 돌아서서 거꾸로 달리며 겨우 입을 열었다.

"동생 때문이야."

나는 사미라를 따라잡기 위해 속도를 내어 뛰었다.

"왜? 오스카가 평소보다 더 정신 사납게 굴어?"

"뭐, 비슷해. 오스카가 학교 기지에서 시험을 치는 도중에 프로텍터를 벗었거든."

"뭐? 대체 왜!"

나는 깜짝 놀라서 그만 소리를 지르고 말았다. 누군가 자발적으로 그런 짓을 한다는 건 상상조차 할 수 없는 일이었다.

"오스카는 프로텍터를 입고 있으면 패닉 상태에 빠지거든."

"언제부터?"

"몇 주 전부터 그랬어. 그때는 학교 기지가 아니라 집에 있었고, 우리는 개가 또 쓸데없는 장난을 친다고 대수롭지 않게 생각했지."

"그런데 장난이 아니었어?"

"응, 장난이 아니더라고."

우리는 어느새 아파트 출입문 앞에 도착했다. 사미라는 그동안 일어난 일들을 모두 이야기해 주었다. 오스카는 프로텍터 입는 걸 늘 불편해했고, 집에서 프로텍터를 벗는 횟수도 점점 늘어났다. 부모님은 집 안에서 그러는 거여서 그다지 문제 삼지 않았고, 사실 크게 걱정하지도 않았다. 그런데 어느 날부터 오스카가 집 밖에서도 프로텍터를 벗고 싶어 했다. 식은땀을 흘리고 소리를 고래고래 질렀으며, 미친 듯이 이리저리 날뛰었다는 것이다.

"심리 치료사를 만나 보는 건 어떨까?"

"안 그래도 내일 집에 오기로 했어."

"내가 오스카를 만나 봐도 될까?"

"그럼, 되고말고! 그렇잖아도 오스카가 계속 너만 찾고 있는걸. 그런데 점심때 지나서 오는 게 좋겠어."

"왜? 내가 또 늦잠 잘까 봐?"

"아니, 오전에는 심리 치료사가 다녀가기로 했거든. 청결부 직원 두 명이 치료사와 같이 온대."

"오스카 때문에?"

사미라는 기운 없는 표정으로 고개를 끄덕이더니 슬픈 목소리로 이렇게 물었다.

"내일 너희 엄마가 우리 집에 오는 건 아니겠지?"

우리 엄마는 책상 앞에 앉아 일반 사무만 처리한다고 대답하려는 순간, 얼마 전에 할머니가 했던 말씀이 생각났다. 모든 전쟁은 언제나 책상 앞에서 시작된다던…….

"쉴로, 내일 봐!"

"그래, 건강하고!"

사미라가 애써 웃어 보이고는 뒤돌아 지하철역으로 달려갔다. 그 모습을 가만히 지켜보면서 머릿속에 오스카를 떠올렸다. 내일 사미라네 집에 찾아올 청결부 직원들이 무슨 일을 할지 궁금했다. 엄마라면 분명히 알고 있을 것 같았다.

한밤중의 대화

오늘 먹어야 할 밤의 치유자를 재활용품 처리기 속에 버렸다. 벌써 새벽 한 시인데 엄마는 아직도 집에 돌아오지 않았다. 어쩌면 일 때문이 아니라 누군가와 만나고 있는 게 아닐까? 솔직히 나는 엄마가 그러기를 진심으로 바랐다. 이혼은 이미 까마득히 오래전 일이니까.

엄마의 공식 접촉인은 직장의 여자 동료였지만, 어떤 식으로든 변화가 생기면 엄마에게도 도움이 되지 않을까? 늘 동료들에게 둘러싸여서 살라는 법은 없으니까. 언젠가 엄마의 컨트롤러에서 '클린 파트너(우리에게는 건강한 친구 관계가 필요합니다.)'의 로고를 본 적이 있었다. 단순히 광고일 수도 있지만.

나는 침대맡에 등을 기대고 앉아 〈클린랜드의 수호자들〉 예전 시리즈를 다시 봤다. 내가 깨어 있는 걸 엄마가 알아도 괜찮았다. 어차피 엄마를 기다리고 있는 거니까. 다행히 그리 피곤하지도 않았다. 운동을 갔다 온 후 세 시간 정도 잠을 잔 덕분이었다. 그나저나 엄마는 대체 어디에서 무얼 하고 있는 걸까?

나는 할아버지의 책을 꺼내 와 읽기 시작했다. 새벽 두 시쯤 되자 에어록이 열리는 소리가 들렸다. 곧이어 복도의 벽장문이 열리고 누군가 살균 소독기를 고정 장치에서 분리했다. 소독기가 윙윙거리는 진동이 내 방까지 전해져 왔다. 엄마가 아니라 토코였다!

더 이상 자는 척하고 싶지 않았다. 어제의 작전이 먹히지 않기도 했고, 나도 이제 낯선 사람과 이야기를 나눠도 될 만큼 충분히 나이를 먹었다는 생각이 들었다. '잠자는 쉘로'라는 연극은 더 이상 상연되지 않을 것이다!

토코는 복도부터 청소한 뒤 내 방문을 열었다. 살균 소독기를 방 안으로 밀어 넣다가, 내가 침대에 앉아 있는 걸 발견하고 화들짝 놀랐다.

"앗! 미안. 다른 방부터 먼저 할게."

"잠깐만!"

토코가 방을 나가다 말고 그 자리에 멈춰 섰다. 수줍게 미소를 지으며 나를 돌아보았는데, 그 모습에 심장이 쿵 하고 떨어졌다. 자연스러운 그에 비해 나는 고장이라도 난 듯이 삐걱거렸다. 거울이 없어도 알 수 있었다. 너무 긴장해서 토코처럼 웃을 수 없었다. 그래도 말을 거는 것 정도는 할 수 있을 것 같았다.

"나한테 사과할 거 없어. 오히려 내가 너한테 사과하고 싶었거든."

토코가 살균 소독기를 절전 모드로 바꾼 뒤 한 걸음 다가왔다. 엄마가 지금 집에 들어와 이 모습을 본다면 큰 문제가 생길 것이다. 물론 우리는 적절하게 안전거리를 유지하고 있었지만. 내가 잠을 자지 않고 클리너와 대화하는 것을 보면 뭐라고 할까? 엄마를 기다리느라 깨어 있었다고 해도 곧이듣지 않을 것이다. 솔직히 말하자면 내심 토코하고 이야기해 보고 싶은 마음이 있었다.

잠시 후 방문이 스르륵 닫히자 마음이 한결 가벼워졌다.

"나한테 뭘 사과하고 싶었는데?"

토코가 고개를 갸웃거리며 물었다.

"그저께 밤에 널 놀라게 했잖아."

"그저께 밤? 네가 무슨 말을 하는지 잘 모르겠어."

"내가 자다 말고 한밤중에 일어나 비명을 질렀잖아……."

토코는 손을 저으며 다시 웃었다. 환하게 웃는 모습이 아주 근사했다. 나는 바짝 긴장한 채 얼떨떨한 표정으로 굳어 있었다. 입가가 바르르 떨렸다.

"괜찮아. 그런 것쯤은 문제도 안 돼. 어떤 사람들은 자면서도 말을 하는걸, 뭐. 나는 그런 게 더 신경 쓰여."

나는 슬며시 몸을 일으켰다. 토코는 살균 소독기를 든 채 서 있는데, 나 혼자 침대에 편하게 앉아 있는 게 이상하게 느껴져서였다.

다시 조심스럽게 물었다.

"너, 혹시 코스타 아저씨를 알아?"

"그 사람이 누군데?"

"모르면 됐고."

"그래."

"너는 시크랜드에서 왔어?"

"아니."

"그럼 어디……."

"지금 나한테 사과하고 싶은 거야, 아니면 심문하고 싶은 거야? 미안한데 난 지금 해야 할 일이 있거든."

토코 말이 맞았다. 지금은 그의 근무 시간이니까, 일을 내팽개쳐 두고 수다를 떨어서는 안 되는 것이다.

토코가 씩 웃으며 말을 이었다.

"아냐, 괜찮아. 그냥 농담한 거야. 아마도 너는 나 같은 클리너를 만나 본 적이 없어서 호기심이 발동한 걸 테니까. 더 궁금한 게 있어?"

"너도 학교 기지에 다녀?"

나는 말을 하면서도 바보 같은 질문이라는 생각이 들었다. 그는 꿈에 그리던 직업이라 클리너 일을 하는 게 아닐 테니까. 클리너는 누군가 선망할 정도로 재미있거나 매력적인 일이 아니었다. 아마 돈을 벌기 위해서겠지. 토코의 부모님은 그를 학교 기지에 보낼 돈이 없을 것이다. 아니면 내가 너무 일방적으로 생각하는 걸까? 어쩌면 토코는 밤에 클리너로 일하고, 낮에 학교에 다니는 학생일지도 모르는데…….

토코가 고개를 끄덕이며 대답했다.

"곧 졸업할 예정이야. 얼마 뒤에 마지막 시험을 치르거든."

"나돈데."

나는 깜짝 놀라 멍하게 있다가 서둘러 대답했다. 그러고는 고개를 끄덕이며 미소를 지으려고 노력했다. 미안하고 안타까운 마음이 들었다. 아마도 토코는 클리너보다 보수가 더 좋은 일자리를 기대하기 어려울 것이다. 어쩌면 안티셉트는 그에게 최고의 회사일 터였다.

많은 생각이 머릿속을 스쳐 지나갔지만 일일이 말로 꺼내지는 않았다. 나는 밤에 잠을 자며 쉴 수 있지만, 토코는 일을 해야 했기에 수면을 취할 수 있는 다른 방법을 찾아야 할 것이다. 그리고 그게 무엇이든 건강에 좋지 않을 게 뻔했다. 그에게는 밤에 잠을 잔다는 것이 일종의 사치일지도 모른다. 그렇다면 어떻게 건강을 유지할 수 있는 거지?

"그럼…… 너는 언제 자?"

"틈틈이."

토코는 짧게 대답한 뒤 자신의 컨트롤러를 들여다보았다. 내가 방해하고 있는 게 분명했다. 그가 화면을 터치해 닫으며 물었다.

"그런데 밤의 치유자는 왜 안 먹은 거야?"

"이제부터는 네가 나를 심문할 차례인 건가?"

내가 히죽 웃으며 말하자 토코도 픽 웃으며 고개를 저었다.

"나는 단지 체크해야 할 목록을 확인하는 것뿐이야. 나머지는 다른 사람들이 처리하거든."

다른 사람들이라면 누구를 말하는 걸까? 체크해야 할 목록을 보고 정리하는 사람들이 따로 있는 걸까? 엄마에게 물어보고 싶었지만, 일단 엄마가 집으로 돌아와야 가능한 일이었다. 이렇게 늦은 시각까지 어디서 무얼 하고 있는 걸까? 슬슬 걱정이 되기 시작했다.

"내가 알약을 먹지 않으면, 너는 그걸 신고해?"

"응, 그래야 해."

"신분 점수 때문에?"

언젠가 클리너는 신분 점수를 많이 딸수록 휴가일이 늘어난다는 말을 들은 적이 있었다. 현금 보너스도 있다고 했다. 거기에는 클리너들이 자신의 업무를 제대로 수행하게 만들겠다는 취지가 숨어 있었다. 지금까지 나는 클리너를 어떻게 평가할 것인가만 생각했지, 클리너들도 우리를 평가하고 있다는 사실은 꿈에도 알지 못했다.

"그렇다면 유감스럽게도 오늘은 추가 점수를 얻지 못하겠네!"

나는 그렇게 말하며 밤의 치유자 포장을 토코에게 내밀었다. 오늘 몫의 알약 자리는 비어 있었다.

"밤의 치유자가 늘 효과를 발휘하는 건 아니라서 말이야."

나는 짐짓 천연덕스런 목소리로 말했다. 그러자 토코가 웃으며 재활용품 처리기를 바라보았다.

"그래? 어쨌든 나는 이제 저 처리기를 비워야 하는데……, 어때? 그 안에 들어 있는 내용물을 꼼꼼히 살펴볼까?"

아무래도 토코 앞에서는 더 이상 거짓말을 하지 못할 것 같았다.

"재활용품 처리기는 또 어떻게 알았어?"

"내가 너희 집 안전실도 담당하고 있잖아. 거기에 아주 호감이 가는 할머니 한 분이 계시거든."

"할머니가 또 뭐라고 하셨어?"

우리는 아무 말 없이 서로의 눈을 가만히 바라보았다. 잠깐 동안이었지만 시간이 멈춘 것처럼 느껴졌다. 심장이 뛰는 소리가 귓가에서 들리는 듯한 착각이 들었다. 그때 토코의 컨트롤러가 주황색으로 깜박였다. 그는 살균 소독기를 켜고 바닥을 밀기 시작했다.

"다른 공간들을 서둘러 처리해야 해. 오늘은 이만 갈게. 보건법을 준수해!"

"잠깐만!"

하지만 토코가 나간 뒤 방문이 굳게 닫혔다. 나는 밤의 치유자 미복용 목록에 체크한 일로 그 애에게 화를 내지는 않을 것이다. 내가 그의 입장이었더라도 똑같이 행동했을 테니까. 토코는 보건법을 준수한 덕분에 학교 기지에 낼 등록금을 벌었다. 나보다 나이가 많지만 밤에도 일을 해야 하기 때문에 졸업하는 데 시간이 더 오래 걸리는 듯했다.

내 방은 아직 살균 소독이 끝나지 않았기 때문에 토코는 다시 돌아올 것이다. 이번에는 그를 가만히 내버려 둘 작정이었다. 더 큰 어려움에 처하게 만들 수는 없으니까. 토코는 일을 서둘러 끝내야만 했다. 나는 밤의 치유자 포장에서 다음 날 약을 꺼내 물도 없이 꿀꺽 삼켰다.

알람 소리에 일어나 보니, 어느새 방은 깨끗하게 살균 소독되어 있었다. 컨트롤러 화면에 청결도가 98%라는 메시지가 떴다. 100%의 청결 유지도 가능하지만 그건 가격이 무지 비쌌다. '프리미엄 클리너(절대 청결)'를 이용해야 했기 때문이다. 나는 엄마가 프리미엄 클리너를 이용하는 것에 대해 좀 더 시간을 갖고 천천히 생각해 보길 바랐다.

토코를 앞으로도 계속해서 만나고 싶었다. 몇 번 본 적도 없고 서로 잘 알지도 못하지만, 이상하게도 그 애가 친근하게 느껴졌다. 어쩌면 토코에게는 이야깃거리가 정말 많기 때문인지도 몰랐다. 그는 내가 알지 못하는 세상에서 살고 있었고, 나와는 비교할 수 없을 만큼 힘든 역경을 이겨 내며 자신만의 길을 열어 가고 있었다. 그럼에도 불구하고 무척 당당하고 자신감이 넘쳐 보였다.

그 애는 지금 막 잠자리에 들었을까? 여기에서 집까지 얼마나 걸릴까? 혼자 살고 있을까? 엄마 아빠와 함께 살고 있을 수도 있고, 어쩌면 한 부모 가정일지도 모른다. 나는 그에 대해 아무것도 몰랐다. 그래도 한 가지 분명한 건, 밤에는 그 앨 만날 수 있다는 것이다. 사미라를 제외한 다른 사람들은 내가 사회 보건국에 등록해야만 만날 수 있었다. 그런데 클리너는 절대로 공식 접촉인이 될 수 없었다.

욕실로 가서 수면용 프로텍터를 벗어 세탁기에 넣은 뒤 샤워를 했다. 새 프로텍터를 꺼내는데 현관문 열리는 소리가 들렸다. 엄마가 이제야 돌아오는 건가? 밤새 일을 한 걸까?

나는 목욕 수건을 몸에 두르고 복도로 나갔다. 유리문 뒤에 있는 엄마가 보였다. 집으로 들어오는 게 아니라 다시 나가는 중이었다. 엄마는 겨우 몇 시간만 눈을 붙이고선 도로 출근하는 듯했다. 유리문을 똑똑 두드리자 엄마가 뒤돌아서 나를 보고 손을 흔들었다. 그러고는 컨트롤러를 켜고 말했다.

"쉘로, 엄마는 다시 나가 봐야 해."

"아침은 드셨어요?"

뭔가 묘한 기분이 들었다. 드라마를 보면 보통 엄마가 딸에게 묻는 말인데…….

"이동하면서 먹으려고."

엄마가 정화 박스에서 신발을 꺼냈다.

"실은 엄마한테 여쭤 볼 게 또 있는데……."

"미안, 지금 너무 바빠서!"

"잠깐이면 돼요! 아이가 프로텍터를 착용하지 않겠다고 고집을 부리면 청결부에서 어떻게 해요?"

엄마는 바이저에 안티셉트를 뿌렸다.

"여러 가지 방법이 있지."

"예를 들면요?"

엄마가 두 번째 에어록 문을 통과해 밖으로 나가면서 말을 이었다.

"약물의 도움을 받는 치료법이 있어."

그러고는 잠시 말이 없었다. 엘리베이터에 탄 걸까? 아니면 벌써 일층에 도착했나? 내 방 창문을 통해 지하철로 내려가는 에스컬레이터 앞에 있는 엄마를 발견했다. 엄마가 멈춰 서더니 고개를 들어 나를 향해 손을 흔들었다. 나도 손을 마주 흔들어 주었다. 하지만 엄마가 내 모습을 볼 수 있는지는 모르겠다. 너무 멀리 떨어져 있어 엄마의 얼굴이 잘 보이지 않았다. 그래도 컨트롤러를 통해 들려오는 목소리는 마치 내 옆에 서 있는 것처럼 가까웠다.

"오스카에게 약을 먹어야 한다고 말해 줘."

엄마는 내가 누구 이야기를 하는지 이미 다 알고 있었다. 오스카 사건이 엄마에게까지 보고가 된 걸까?

“그 약을 먹으면 상태가 나아져요?”

“쉴로, 그 약은 밤의 치유자처럼 일단 삼키면 효과를 발휘해.”

강제 격리

나는 요구르트에 뮤즐리(곡물, 견과류, 말린 과일 따위를 섞은 것.—옮긴이)를 넣어 숟가락으로 떠먹었고, 할머니는 허브차를 마셨다. 안전실의 스크린에는 할머니 친구들이 띄워져 있었다. 그 두 분도 아주 큰 컵에다 무언가를 담아 홀짝거리며 마셨다.

"손녀딸이 왜 저렇게 말이 없어?"

"사랑에 빠졌거든."

친구가 묻자 할머니가 대수롭지 않은 듯이 대답했다. 할머니들은 킥킥 웃으며 머그컵을 입에 갖다 댔다. 위생 유리창 건너편에 앉아 있는 내가 그들에게는 재미있는 아침 프로그램이나 마찬가지였다.

"할머니, 저랑 잠시 얘기 좀 해요."

할머니가 진지한 눈빛으로 나를 바라보았다. 내 말투만 듣고도 얼마나 중요한 일인지 눈치를 챈 듯했다.

"손녀한테 무슨 문제가 생긴 모양인데? 혹시 할머니가 커피를 숨겨 둔 걸 발견했나?"

"조금 있다가 봐."

할머니가 인사를 하고 영상 통화를 끊자, 스크린에는 다시금 휴가지에서 찍은 사진들이 떠올랐다.

"쉘로, 무슨 일인데 그래?"

"할머니가 밤의 치유자를 먹지 않는다는 걸 토코가 알고 있어요."

"정말?"

할머니가 짐짓 놀란 척했다. 하지만 그 문제에 그다지 관심이 없는 것 같았다.

"토코는 코스타 아저씨랑은 달라요. 그 애는 졸업장도 따야 하고 신분 점수도 필요해요. 그러니까 할머니를 위해 거짓말을 하지 않을 거예요."

"밤에는 잠을 자야 한다더니 제법 많이 알아냈구나. 정말 사랑에 빠졌나 봐."

"그게 무슨 소리예요? 제가 사랑에 빠졌다니요!"

"글쎄, 어쨌거나 토코랑 이야기를 많이 나눈 것 같아서 그래."

나는 대꾸도 하지 않고 자리에서 벌떡 일어나 식기세척기에 그릇을 넣었다. 얼굴이 살짝 붉어졌는지도 모르겠다. 할머니 말마따나 정말로 사랑에 빠진 걸까? 토코를 전혀 모르는데……. 솔직히 말하자면 그 애가 좋았다. 벌써부터, 아니 어쩌면 처음부터.

점심나절, 지하철을 기다리면서도 토코 생각을 했다. 그 애는 나를 어떻게 생각할까? 일을 방해해서 짜증 나는 아이? 아니, 나에 대해 궁금해하기나 할까? 무작정 그 애의 프로필을 검색하거나 연락을 취할 수도 없었다. 그건 법적으로 금지되어 있었다. 자칫 잘못하다간 두 사람 모두 엄청난 문제에 휘말릴 터였다.

지하철이 들어오는 소리가 들렸다. 안타깝게도 좌석이 매진되어 맨 앞쪽의 일인용 입석을 타야 했다. 그 칸에 올라타기 위해 전력으로 뛰었다. 유리창 너머로 좌석에 앉은 사람들이 보였다. 손잡이 두 개가 찰칵 소리를 내며 측면에서 펼쳐졌다. 안티셉트로 소독되어 촉촉하게 빛이 났다. 나는 손잡이를 붙잡아 한 번 더 손을 소독했다. 잠시 후 하차 신호인 빨간불이 켜졌다. 지하철에서 내리자 내 뒤에서 안티셉트가 분사되는 소리가 들렸다.

사미라의 집까지 가는 다음 지하철, 그중에서도 승차가 가능한 전동차는 30분을 기다려야 했기에 그냥 걸어서 가기로 했다. 빠르게 걷다가도 컨트롤러가 반대편에서 다른 보행자가 오고 있다는 신호를 보내면 그 자리에 멈춰서 기다렸다. 이 구역의 길들은 좁은 편이었다. 팬데믹 이전에 만들어졌기 때문이다. '건강한 변화'가 있은 후에야 보행로가 더 넓어졌다.

컨트롤러가 다시금 멈추라는 신호를 보냈다. 건물 벽 쪽을 향해 돌아서자 한 무리의 아이들이 등 뒤에서 웃으며 지나가는 소리가 들렸다. 선생님이 아이들에게 큰 소리로 외쳤다.

"안전거리! 얘들아, 안전거리를 지켜야지!"

아이들이 완전히 지나가자 컨트롤러가 걸어가도 된다는 안내 메시지를 보냈다. 그로부터 5분 후에야 사미라의 집 앞에 도착했다. 입구에서 신분 확인을 마치고 엘리베이터를 타고 올라가자 사미라가 현관의 에어록 앞에서 기다리고 있었다.

"쉴로, 어서 와! 고마워."

"고맙기는……. 아무것도 한 게 없는데."

"그렇지 않아. 여기까지 와 줬잖아!"

가까이에서 보니 사미라의 얼굴이 퉁퉁 부어 있었다. 눈가가 벌겋게 달아오른 걸 보니 운 것 같았다.

"무슨 일 있었어?"

"청결부 직원들이……."

사미라는 더 이상 말을 잇지 못하고 펑펑 울기 시작했다. 아직 에어록 앞이라서 그 애를 안아 줄 수가 없었다. 바이저를 착용한 경우에 한해 공식 접촉인과의 포옹이 허락되는데, 그러려면 아파트의 홈 컨트롤러로부터 접촉인 확인부터 받아야만 했다.

"일단 안으로 들어가자."

나는 사미라의 모습이 안쓰러웠지만 최대한 침착하게 말했다.

우리는 차례대로 에어록을 지나며 스캔을 받은 뒤 집 안으로 들어갔다. 복도에 들어서자마자 서로를 꽉 껴안았다.

"오스카는 어디에 있어?"

사미라가 내 손을 잡았다. 프로텍터의 보호 피부를 통해 사미라의 온기가 느껴졌다. 오스카의 모습은 집 안 어디에서도 찾아볼 수 없었다. 사무 박스를 지나는데 그 안에서 이야기를 나누고 있던 사미라 부모님이 나를 발견하고는 유리창 너머로 손을 흔들어 주었다.

주방도 텅 비어 있었다.

"그 사람들이 오스카를 데려갔어?"

사미라가 고개를 저으며 손가락으로 위생 유리창을 가리켰다. 오스카는 주방 건너편 안전실의 매트리스 위에 누워 있었다. 그곳은 별다른 가구 없이 텅 비어 있었다. 한쪽에 마련된 간이 주방의 전자레인지 옆에는 '건강한 식단' 제품이 들어 있는 상자가 있고, 다른 쪽 구석에는 문 앞에 안티셉트 분사기가 달린 작은 욕실이 딸려 있었다. 안전실 중에서도 가장 저렴한 기본 모델이었다. 각 가정마다 안전실 설치는 필수 규정이다. 사미라네 집에서는 안전실에서 지낼 사람이 없기에 그 정도 모델이면 충분했을 것이다.

"오스카가 저 안에 들어간 지 얼마나 됐어?"

"한 시간쯤 된 것 같아."

"얼마나 있어야 한대?"

"최소한 사흘은 있어야 된대."

"사흘?"

"오스카가 모든 것을 제대로 해낸다는 전제하에 말이야."

"청결부 직원들이 어떻게 알고 판단하는데?"

사미라가 안전실 천장의 한쪽 귀퉁이를 가리켰다.

"감시 카메라가 달려 있어. 저것만 있으면 오스카를 얼마든지 통제할 수 있지. 이걸로 우리를 통제하는 것처럼……."

사미라가 내 컨트롤러를 가볍게 툭 쳤다. 나는 고개를 절레절레 흔들었다. 사미라는 종종 사회 시스템을 비판하면서 우리 모두가 감시당하고 있다고 주장했다. 학교 시험에서 부정행위를 저지르지 않아도, 가게에서 물건을 훔치지 않아도, 그러니까 범죄자가 아니어도 말이다.

한마디로 사람들이 잘못한 것이 없고 숨길 것도 없는데, 그들은 언제 어디서나 우리를 지켜보며 감시하고 있었다. 지난번에 공원에서 고장 난 벤치를 이용했던 것 같은 경우를 제외하면 말이다. 그러나 누구도 그런 것에 신경을 쓰거나 불편해하지 않았다. 그보다 부주의하거나 무관심한 게 오히려 문제시되었다. 부주의하면 병에 걸리고, 그러면 다른 사람들에게 피해를 줄 수 있기 때문이다.

그때 오스카가 나를 발견하고는 펄쩍펄쩍 뛰며 컨트롤러를 활성화해 말을 걸었다.

"쉴로 누나, 안녕! 나 때문에 일부러 찾아온 거야?"

"당연하지. 너 보러 온 거야."

"걱정하지 마. 다 프로텍터 때문에 그런 거니까."

"네가 프로텍터를 그다지 좋아하지 않는다는 건 나도 알아."

오스카가 눈을 동그랗게 뜨고 나를 바라보았다.

"하지만 프로텍터는 꼭 필요해."

내가 부드러우면서도 단호하게 말하자 오스카가 고개를 끄덕였다.

"이제부터는 나도 보건법을 잘 지킬게."

나는 그 대답을 곧이곧대로 믿으며 조금 안심했다. 그런데 오스카가 갑자기 위생 유리창으로 성큼 다가서더니 유리창에다 코를 딱 붙이는 게 아닌가! 그러고는 두 눈을 부라리며 서서히 바닥으로 미끄러졌다. 위생 유리창이 얼룩으로 더럽혀졌다.

사미라가 한숨을 푹 내쉬며 고개를 떨구었다.

"오스카는 저곳에서 평생 나오지 못할 거야."

안전실의 벽에는 첫 번째 보건 수칙이 커다랗게 적혀 있었다.

청결만이 우리를 보호한다.

오스카의 컨트롤러에 불이 깜박이는 게 보였다. 하지만 무슨 메시지인지 읽을 수는 없었다. 오스카는 자리에서 벌떡 일어나더니 컨트롤러를 보고 고개를 흔들었다.

"오스카, 뭐라고 쓰여 있어?"

그러나 오스카는 아무 대꾸 없이 매트리스로 가더니 침낭 속으로 들어가 버렸다. 사미라에게도 메시지가 도착했다.

즉시 위생 유리창을 소독하십시오.

"오스카! 제발 말 좀 들어!"

사미라가 소리를 꽥 지르자 오스카가 듣기 싫다는 듯이 두 손으로 귀를 틀어막았다. 나도 오스카를 타일렀다.

"오스카, 누나 말대로 해. 그곳에서 빨리 나올 수 있는 방법을 우리가 어떻게든 찾을 테니까!”

오스카는 컨트롤러의 스피커를 꺼 버렸다. 사미라와 나는 아무 말 없이 오스카를 바라보았다. 프로텍터의 어떤 점이 그렇게도 마음에 들지 않는 걸까? 도무지 이해할 수 없었다. 하지만 오스카에게는 정말 어찌할 도리가 없는 일이겠지. 프로텍터를 입고 있으면 어느 순간 갑자기 패닉 상태에 빠지는 것인지도 몰랐다.

아무리 그래도 위생 유리창은 직접 청소하는 게 옳은 듯했다. 오스카가 하지 않으면 그 일이 클리너에게 넘어가니까. 클리너는 그 일 말고도 해야 하는 일이 아주 많았다. 나는 일찍이 그런 것들을 생각해 본 적이 없었지만, 토코를 알게 된 후부터 세심하게 신경 쓰게 되었다. 토코가 사미라의 아파트를 청소하는 것도 아닌데 말이다.

나는 착잡한 표정의 사미라를 바라보며 말을 꺼냈다.

“이런 경우에 도움이 되는 약이 있대.”

“너희 엄마가 그렇게 말씀하셨어?”

“응…….”

나는 기어 들어가는 목소리로 대답했다. 왠지 민망한 기분이 들었다.

“안 그래도 청결부 사람들이 약을 가지고 왔더라고.”

사미라가 식탁 위에 놓여 있는 약 봉투를 가리켰다.

“그래서 어떻게 했는데?”

“오스카는 그 사람들이 보는 앞에서 약을 다 뱉어 버렸어. 그래서 저 안에 들어가게 된 거야.”

사미라의 컨트롤러에 R21이라는 담당자가 보낸 메시지가 떴다. 엄마도 청결부에서 그런 번호를 가지고 있었다. R21은 엄마의 번호가 아니라서 안도의 한숨을 내쉬었다.

사미라가 메시지를 읽더니 심호흡을 했다. 컨트롤러의 메시지를 보기 위해 사미라의 손목을 잡아 내 쪽으로 살짝 돌렸다.

안전실에서의 통찰 시간이 일주일 더 연장되었습니다.

그 아래에는 일상적인 인사말이 붙어 있었다.

건강하세요!

집으로 돌아온 뒤에도 내내 오스카 생각을 했다. 창가에 서서 창문 아래로 드문드문 보이는 불빛을 내려다보았다. 가끔은 토코 생각도 했다.

오스카의 격리 기간은 이제 2주일로 늘어났다. 안전실에서는 규칙적인 운동을 해야 한다는 규정이 있는데, 그 애는 그것마저 거부했다. 그 안에 머물면서 거의 움직이지 않았을뿐더러 저녁 식사도 먹으려 들지 않았다. 건강한 식단 1인분에는 필수 영양소가 다 들어 있는데도.

오스카가 보건법을 위반하긴 했지만, 처벌이 너무 과하다는 생각이 들었다. 어린아이를 며칠 동안 혼자 있도록 가둬 둔다는 건 도무지 말이 안 되었다. 안전실에 있는 오스카를 생각하면 마음이 몹시 아팠다.

밤이 늦어서 그런지 거리에는 불빛이 거의 보이지 않았다. 클리너들의 시간, 그리고 '클린 레인(청결의 비)'을 위한 시간이기도 했다. 지금까지 밤의 치유자 때문에 드론이 거리 소독 작업을 하는 광경을 본 적이 없었다. 오늘에야 보게 된 셈이었다.

첫 번째 드론이 지평선 위로 모습을 드러내더니 거리와 공원 곳곳에 안티셉트를 뿌렸다. 길 건너편 빌딩 옥상에 착륙해 안티셉트를 공급받는 듯했다. 1분이 채 지나지 않아 다시금 윙윙 소리를 내며 날아오른 드론이 인도 위에 안티셉트를 뿌려 댔다.

인적이 끊긴 거리에 스쿠터 한 대가 교차로에서 신호를 기다리며 서 있었다. 늦게 퇴근하는 사람은 이슬비처럼 내리는 안티셉트를 맞았지만 사람에게는 무해한 성분이라 괜찮았다. 병원균과 모기떼에게는 치명적이었지만. 시크랜드에서는 모기떼가 골칫거리라고 들었는데, 모기들이 치명적인 질병을 옮기기 때문이었다. 다행히 클린랜드에서는 '청결의 비'가 우리를 지켜 주었다.

저녁을 먹은 직후에 잠을 자서 그런지 조금도 피곤하지 않았다. 밤의 치유자는 화장실 변기에 버렸다. 토코가 정말로 재활용품 처리기 속의 내용물을 확인할지도 모르니까.

버스 한 대가 교차로를 지나 우리 아파트 방향으로 접어들더니 입구에서 멈춰 섰다. 제일 먼저 몸집이 왜소한 사람이 버스에서 내렸다. 등에 무언가를 멘 채 손에는 긴 호스를 들고 있었다. 그 뒤로 사람들이 한 명씩 차례로 내렸다. 대략 스무 명 정도가 내린 듯했다. 버스에서 내린 사람들은 살균 소독제가 분사되는 호스 앞에 서서 두 팔을 뻗고

빙그르 원을 그리며 한 바퀴 돌았다. 작업을 시작하기 전에 소독부터 하는 것 같았다. 그들 중에 토코가 있을 것이다.

잠시 후, 토코가 살균 소독기를 밀며 내 방으로 들어왔다. 나는 여전히 창가에 서 있었다. 오늘은 나름의 계획이 있었다.

토코가 나를 보자마자 살균 소독기를 절전 모드로 바꾸었다.

"오늘도 밤의 치유자를 먹지 않은 거야?"

"왜? 신고라도 하게?"

"지난번에도 보고하지는 않았어."

우리는 서로를 바라보며 씩 웃었다. 토코가 어깨를 으쓱하며 소독기를 가리켰다.

"나도 너랑 이야기를 하고 싶은데 작업 일정이 정말 빡빡해."

"알아. 그래서 너를 도와주려고."

"나를 돕는다고?"

"응, 그러면 일을 더 빨리 끝낼 수 있잖아."

토코가 자신의 컨트롤러를 쳐다본 다음에 다시 나를 보았다. 클리너의 체크 리스트에는 살균 소독 작업에 타인의 도움을 받을 경우에 대한 규정이 따로 없었다. 내가 한 발짝 다가서자 토코가 뒤로 한 발 물러섰다.

"하지만 우리는 규정을 준수해야 해."

거리 유지는 안전을 위한 필수 규정이었다. 내 바이저는 현관의 에어록에 걸려 있었다.

"앗! 미안."

나는 서둘러 사과부터 한 뒤 밖으로 나가 바이저를 가져왔다.

"어디서부터 시작할까?"

토코는 고개를 살래살래 젓다가 픽 웃었다. 웃음은 좋은 징조였다. 그러고는 살균 소독기의 화면을 터치해 여러 기능을 설명해 주었다. 나 혼자서는 소독기를 작동시킬 수 없었다. 그게 가능했다면 토코가 오기 전에 청소를 시작했을 텐데.

살균 소독기로 바닥을 미는데, 손길이 투박하고 서툰 데다 바닥에 깔린 안티셉트 보호 필름이 얇아서 한참을 버벅거렸다. 토코가 그 모습을 보고 주의를 주었다.

"조심해! 이 기계는 상당히 빨리 뜨거워져. 잘못하면 손잡이를 만질 수조차 없을 정도로 뜨거워지거든."

나는 소독기에서 올라오는 열기를 느끼며 작업을 계속했다. 그사이, 토코는 안티셉트 수건으로 집 안 곳곳을 닦은 뒤 엄마의 침실을 청소하러 들어갔다. 엄마가 밤의 치유자를 먹지 않았을 리 없지만, 이 시간에 엄마 방에 들어갈 엄두가 나지 않았다. 혹시라도 엄마가 나처럼 악몽을 꾸다가 깨어날 수도 있으니까.

청소를 끝내고 엄마 방에서 나온 토코에게서 살균 소독기를 넘겨받아 복도, 욕실, 주방을 차례로 청소했다. 몇 번 연습해 보니 소독기를 다루는 게 그리 어렵지는 않았다. 나는 기계를 식탁에 기대 세워 놓은 뒤 냉장고에서 주스 두 병을 꺼냈다.

그때 갑자기 노크 소리가 들렸다. 깜짝 놀라서 하마터면 주스 병을 떨어뜨릴 뻔했다. 할머니가 위생 유리창 앞에 서 있었다. 안전실 안이 어두워서 주무시는 줄 알았는데……. 할머니는 한밤중에 토코를 대신해 살균 소독기를 이리저리 밀고 다니는 나를 어떻게 생각하실까? 무슨 말이라도 하려 했지만, 할머니는 컨트롤러 연결 신청을 받아주지 않았다. 그저 미소만 지을 뿐이었다. 내가 사랑에 빠져서 이러고 있는 게 아니라는 말을 하고 싶었는데! 결국 포기하고 연결을 끊었다.

토코가 일을 마친 뒤, 우리는 내 방에서 잠시 이야기를 나누었다.

"원래 일정보다 4분 일찍 끝났어."

컨트롤러를 터치하는 토코에게 주스 한 병을 건넸다.

"내일은 아마 더 빨리 끝날 거야. 오늘 연습을 했으니까."

토코가 안티셉트 수건으로 살균 소독기의 몸체를 닦았다.

"그런데 왜 나를 도와주는 거야?"

"너하고 이야기를 하고 싶어서."

"그렇구나. 그런데 왜 나랑?"

너한테 빠졌으니까……, 아주 조금이지만. 물론 그 말을 입 밖으로 꺼낼 수는 없었다. 머릿속에는 지난 몇 시간 동안 생각하고 또 생각했던 수백 가지 질문들이 뒤죽박죽 떠올랐다.

'넌 어디에 살아? 어떻게 지내? 어느 학교 기지에 다녀? 학교를 졸업하면 무슨 일을 할 계획이야? 너도 언제까지고 클리너로 일해야 하는 건 아니지? 네가 일과 공부를 모두 해내는 걸 보면 절로 감탄이 나와. 나를 어떻게 생각해? 혹시 내가 형편이 좋아 공부만 해도 되는 철부지 학생처럼 보여?'

그러나 한 마디도 하지 못한 채 그저 생각만 했다. 어디서부터 어떻게 말을 꺼내야 할지 몰라서였다. 그 질문들이 너무 순진하거나 아니면 심문하는 것처럼 들릴 것만 같았다. 그렇지 않아도 토코는 처음 말을 걸었을 때 자길 심문하는 거냐고 투덜댔다. 그게 아니라 관심이 있는 건데…….

내가 말없이 생각에 잠겨 있자 토코가 컨트롤러를 두드려 댔다.

"이제 2분밖에 남지 않았어."

우리는 또다시 마주 보며 빙긋 웃었다. 토코가 살균 소독기를 복도 수납장에 넣었다.

"쉴로, 나도 너랑 친해지고 싶어."

그래, 이렇게 간단한 걸! 그 한 마디면 충분했는데, 왜 나는 말을 못 했을까?

토코가 빈 병을 건네며 말을 이었다.

"그런데 여기에서는 친구가 되기 어렵지. 너는 클리너로서의 나만 알 수 있을 테니까. 나에게는 그것 말고도 여러 가지 면이 있어."

토코의 컨트롤러에서 불빛이 깜빡였다. 다음 집으로 이동해야만 했다. 그 애가 돌아서서 에어록으로 향하는 걸 보고 다급한 마음에 큰 소리로 물었다.

"여기가 아니면, 그럼 어디?"

토코는 에어록 문이 열리자 정화 박스에 작업화를 넣었다. 그대로 문이 닫히기 전, 내가 문틈으로 팔을 쑥 밀어 넣자 문이 다시 열렸다. 그 바람에 우리가 너무 가까이 붙어 서자 컨트롤러에 똑같은 메시지가 떴다.

한 번에 한 사람씩 차례로 들어가십시오. 보건법을 준수하십시오!

토코가 깜짝 놀라 쳐다보았다. 내가 자기를 따라 에어록 안으로 들어설 거라고는 미처 예상하지 못한 듯했다.

"토코, 나도 너에 대해 더 알고 싶어. 어디서든 관계없이 말이야."

홈 컨트롤러가 음성 모드로 전환되었다.

"보건법을 준수하십시오!"

토코는 나를 빤히 바라보며 잠시 생각에 잠겼다. 그때 삐익 하고 신호음이 울렸다. 정화 박스에서 살균 소독된 신발을 꺼내라는 신호였다. 홈 컨트롤러가 한층 더 큰 소리로 경고했다.

"보건법을 준수하십시오!"

나는 토코가 곤경에 빠지는 것을 원치 않았기에 더 꾸물거리지 않고 에어록을 벗어나 집 안으로 들어왔다.

충격적인 비밀

아직 밖이 훤하게 밝지도 않았는데 사미라에게서 연락이 왔다. 잠이 부족해서인지 머리가 아팠다. 나는 일어나지도 못하고 누운 채로 영상 통화를 수락했다.

"사미라, 좋은 아침이야! 벌써 공부 시작했어?"

"오스카가 아무것도 먹지 않아."

나는 하품을 하면서 이불을 턱밑까지 끌어올렸다.

"이렇게 이른 시각에는 원래 입맛이 없잖아."

그렇게 대답하자마자 실수했다는 생각이 들었다. 오스카의 상태가 별로 좋지 않았던 게 퍼뜩 떠올랐다.

"이른 시각이라니? 지금 몇 신 줄 알아?"

사미라가 어이없다는 듯이 물었다.

나는 침대에서 뛰어나와 창밖을 내다보았다. 두꺼운 구름이 해를 가리고 있어서 날이 어둑어둑했을 뿐 이른 아침이 아니었다. 컨트롤러를 확인해 보니 거의 정오에 가까운 시각이었다.

"오스카는 어제저녁부터 아무것도 안 먹은 거야?"

내가 당황해서 묻자 사미라가 힘없이 대답했다.

"안전실에서 나올 때까지 아무것도 먹지 않겠대."

사미라의 목소리는 끔찍할 정도로 잠겨 있었다. 엄청 운 것 같았다. 사미라가 곧장 동영상을 보내 주었다. 오스카가 안전실 안에 보관된 건강한 식단 팩을 통째로 바닥에 쏟아 버리는 영상이었다. 갑자기 목이 메어 왔다.

"그럼 물은 마셔?"

"아니."

사미라가 흐느끼면서 간신히 말을 이었다.

"이제 오스카는 4개월 동안 안전실에 있어야 한대."

4개월이라고? 오스카가 지금처럼 아무것도 먹거나 마시지 않는다면 넉 달은 고사하고 나흘도 버티지 못할 터였다.

나는 자리에서 벌떡 일어났다.

"기다려! 내가 지금 바로 갈게."

"아니야, 그러지 마."

사미라 말로는 누구도 오스카를 보러 와서는 안 된다고 했다. 그 애는 자신이 저항하는 모습을 사람들에게 보여 주려 할 것이므로, 내가 찾아가면 더욱더 미쳐 길길이 날뛸 거라는 얘기였다. 관중이 없는 시위는 무의미하니까 가능한 한 보는 사람이 없어야 한다는 주장이었다. 지나치다는 생각이 들기도 했지만, 한편으로는 그 말이 옳은 것 같기도 했다.

오스카는 어리지만 고집이 장난이 아니었다. 계속해서 먹고 마시는 것을 거부할 것이다. 그러다가 굶어 죽으면 어쩌지? 두려운 생각이 들면서 온몸이 덜덜 떨렸다. 머릿속도 완전히 뒤죽박죽이 되어 혼란스럽기만 했다. 나보다 사미라가 더할 거라는 생각에 그 애의 주의를 다른 곳으로 돌려 기분 전환을 시켜야겠다는 생각이 들었다.

나는 사미라에게 수학 공부를 하자고 했다. 공식을 떠올리고 숫자와 씨름하다 보면 걱정이나 고민들이 저만치 물러날 테니까. 우리는 오후 내내 수학 공부를 하며 문제를 풀었다. 사미라는 내가 잠시 쉬자고 할 때마다 이렇게 대꾸했다.

"우리 엄마는 청결부에서 일하지 않기 때문에 나한테는 좋은 성적이 필요하다고!"

우리는 평소와 달리 게임 모드를 이용하지 않았다. 오늘만큼은 둘 다 포인트를 모으는 데 관심이 없었기 때문이다.

"여전히 아무것도 마시지 않고 있어."

잠시 주방에 다녀온 사미라가 짧게 한마디 던지고는 계속해서 문제를 풀었다.

어느새 저녁이 되었지만 사미라는 조깅을 하고 싶어 하지 않았다. 나도 혼자 나가고 싶지 않아서 조깅 대신 몇 시간 동안 잠을 잤다. 오늘은 엄마가 너무 늦지 않기를 바라며 문을 활짝 열어 두었다. 엄마에게 꼭 물어보고 싶은 질문이 있었다.

마침내 에어록이 쉿 소리를 내며 열리는 소리가 났다. 내가 복도로 부리나케 달려 나가자 엄마가 움찔 놀랐다.

"깜짝이야! 무슨 일 있어?"

"엄마랑 얘기할 게 있어서요."

"그랬구나. 그런데 엄마가 좀 피곤해서……."

"중요한 얘기예요."

나는 엄마를 따라서 주방으로 들어갔다. 위생 유리창 너머로 할머니가 안락의자에 앉아 스크린으로 친구와 영상 통화하는 모습이 보였다. 이웃 마을에 사는 여든이 넘은 친구였는데, 이렇게 늦은 시각까지 이야기를 나눌 줄은 미처 몰랐다. 할머니가 우리의 기척을 느끼곤 통화를 끊었다. 곧이어 벽에는 할머니와 할아버지의 옛 사진들이 1분 간격으로 교체되며 떠올랐다.

할아버지가 당나귀 등에 올라타 웃고 있는 사진, 두 분이 산에서 하이킹을 즐기는 사진, 어느 바닷가 모래 위에서 담요를 깔고 앉아 있는 사진, 그리고 붐비는 식당에 앉아서 잔을 들고 건배하는 사진……. 모두 팬데믹 이전에 찍은 것들이었다. 식당 테이블 위의 검붉은색 병에 모자이크 처리가 된 걸 보니 와인인 모양이었다. 건강한 변화 이후, 건강에 좋지 않은 것이 찍힌 사진은 전부 모자이크 처리가 되었다. 대부분 술이나 담배, 그리고 설탕과 관련된 것들이었다.

할머니가 컵을 들고 위생 유리창 바로 앞에 와 앉았다. 하루 종일 방 안에만 틀어박혀 있었던 게 마음에 걸렸다. 심지어 저녁도 방에 갖고 가서 먹었다. 평소에는 적어도 저녁 식사만큼은 할머니와 함께하려고 신경을 썼는데…….

엄마는 냉장고에서 꺼낸 음식을 전자레인지에 넣고 조리가 될 때까지 그 앞에 서 있었다.

"이렇게 늦은 시각에 대체 무슨 할 얘기가 있다는 거야?"

"엄마는 회사에 가시면 사무실에만 계세요?"

"그게 무슨 말이야?"

"늘 책상 앞에 앉아서 하는 업무만 보시냐고요."

할머니가 나를 물끄러미 바라보았다. 무슨 말을 하려는 건지 갈피를 잡을 수 없다는 듯한 표정이었다. 엄마가 내 팔에 손을 슬쩍 얹으며 물었다.

"설로, 왜 그러는 거니?"

"엄마는 날마다 청결부에서 무슨 일을 하세요?"

"너도 잘 알잖아. 청결부로 접수되어 들어온 신청서들을 처리하고, 그 외에 다양한 문제와 사안들을 확인하고 검토하는 일을 하지."

나는 엄마가 잡고 있는 팔을 빼내며 물었다.

"뭔가를 판단하고 결정하는 일도 하세요?"

모호한 미소를 짓고 있던 엄마의 입술이 살짝 떨렸다. 전자레인지에서 알람이 울렸지만 엄마는 꼼짝도 하지 않았다.

"뭔가를 결정하는 일도 당연히 하지. 결정할 게 없다면 사안을 확인하거나 검토할 필요도 없을 테니까."

"오스카가 안전실에 들어가 있어요. 이유는……."

"아마 몇 달 정도 있어야 한다지? 엄마도 그 일을 보고받았어. 사미라는 너의 공식 접촉인이니까."

엄마가 그렇게 말하며 전자레인지에서 음식을 꺼냈다. 나는 아무 말 없이 엄마를 가만히 응시했다. 엄마에 대해 더 많이 알고 싶기도 하고 그렇지 않기도 했다. 오스카에게 내려진 청결부의 결정 뒤에 엄마가 있다면, 나는 엄마를 미워할 수밖에 없을 테니까. 그래도 계속 물어볼 수밖에 없었다.

"그럼 엄마도 그 일에 관련이 있으신 거예요?"

할머니가 위생 유리창 가까이 다가앉으며 말을 붙였다.

"오스카가 사미라 남동생이지?"

"네, 맞아요. 그 애가 지금 안전실에 갇혀 있어요."

그렇게 대답을 하고 난 뒤에, '갇혀 있다'는 말이 할머니에게 어떻게 들릴지 걱정이 되었다. 할머니도 지금 안전실, 그러니까 통찰의 방에서 살고 있기 때문이었다. 할머니는 오히려 통찰력이 있어서 건강하게 살고 싶어 그곳에 있는 것이지, 절대로 갇혀 있는 게 아니었다. 적어도 할머니에게는 선택권이 있으니까. 어쩌면 사실은 그게 아니었던 걸까?

정작 할머니는 내가 한 말에 신경 쓰지 않는 듯했다. 대신에 자신이 머무르고 있는 안전실을 한번 둘러보았다.

"이런 방에서 지내는 게 어린아이에게는 쉬운 일이 아니지."

엄마가 어깨를 으쓱하며 대답했다.

"오스카는 곧 나올 거예요. 조금만 더 철이 들어서 분별력이 생긴다면요."

나는 손으로 식탁을 두드리다가 엄마의 숟가락을 건드렸다. 엄마는 자리에서 일어나 새 숟가락을 갖고 와 안티셉트를 뿌렸다.

"엄마가 오스카에 대한 일도 결정을 내리신 거예요?"

내가 묻자 엄마는 고개를 가로저었다.

"아니, 오스카 건은 동료인 R21이 결정했어. 사미라가 말해 주지 않았니?"

"말해 줬어요. 전 그 사람은 결과를 통보할 뿐이고, 최종 결정은 청결부의 다른 사람들이 내렸다고 생각했거든요."

"그렇지 않아. R21은 직접 결정을 내린 뒤 그와 관련된 사람들에게 결과를 알려 주는 일까지 맡고 있어."

할머니가 차를 한 모금 마시며 물었다.

"R21이 그 사람의 진짜 이름이니? 도무지 사람 이름 같지가 않아서……."

나는 식탁을 멍하니 내려다보며 대답했다.

"청결부에서 일하는 사람들은 누구나 다 그렇게 기호와 숫자로 된 명칭을 갖고 있어요. 엄마도 마찬가지고요."

"그래? 그럼 그 R인가 뭔가 하는 사람은 대체 누구야?"

"R21은 컴퓨터예요."

엄마가 한숨을 내쉬며 대답했다.

"뭐? 아니, 그럼 너희 부서에서는 그런 중요한 일을 사람이 아니라 컴퓨터가 결정한다는 얘기야?"

할머니는 깜짝 놀라서 눈이 휘둥그레졌지만, 나는 그다지 놀라지 않았다. 충분히 예상 가능한 일이었으니까. 우리가 몸에 필수적으로 착용하고 있는 컨트롤러도 일종의 컴퓨터였다. 컨트롤러는 의사가 찾을 수 없는 문제를 신속하게 발견한다. 컨트롤러는 안전했고, 안전은 곧 건강을 뜻했다. 컴퓨터는 충분히 믿을 만했다. 물론 오스카의 상황을 생각하면 결코 잘하고 있다고만은 할 수 없지만.

엄마가 다 식은 브로콜리 수프를 한 숟가락 떠먹더니 위생 유리창에 바짝 다가섰다.

"오스카 일 같은 사안에서는 오히려 컴퓨터가 가장 신뢰할 만한 작업을 수행해요."

할머니가 눈살을 찌푸렸다. 나도 엄마의 말을 수긍하며 덧붙였다.

"맞아요. 더구나 이번처럼 어린아이가 관련된 경우라면 컴퓨터만큼 보건법 준수라는 원칙에 집중할 수 있는 사람은 아마 어디에도 없을 거예요."

엄마는 수프를 마저 먹은 뒤 욕실로 갔고, 나는 할머니와 조금 더 앉아 있었다. 할머니가 오스카에게 무슨 문제가 있는지 알고 싶어 해서 차분히 설명했다. 할머니는 내 이야기를 다 듣더니 이내 토코 이야기로 화제를 돌렸다.

"쉴로, 토코랑은 어떻게 됐어?"

"뭐가 어떻게 돼요?"

"내가 보기에 밤에 그 애를 도와주는 건 좋은 생각인 것 같아. 하지만 클리너와 계속 함께할 수는 없지 않을까?"

"저도 알아요."

"사랑이라는 건 정말 어렵단다. 사랑하는 사람에게는 둘만의 비밀이 있게 마련이지."

할머니는 알쏭달쏭한 말을 하더니 침대 옆 협탁에서 책을 한 권 가져와 테이블 위에 내려놓았다. 그러고는 욕실에서 립스틱을 가지고 왔다. 가족 중 누군가 생일을 맞을 때만 바르는 립스틱이었다. 오늘은 축하할 일도 없고 시간도 너무 늦었는데, 대체 무슨 생각이신 걸까?

할머니는 책을 펼쳐 한 페이지를 찢은 뒤 종이 위에 립스틱으로 무언가를 썼다. 그러고는 위생 유리창에 종이를 바짝 들이댔다. 나는 큼지막하게 적힌 글자를 읽었다.

할아버지는 살아 있어.

위생 유리창에서 종이를 떼어 내는 할머니의 눈에 눈물이 그렁그렁 맺혀 있었다. 나는 도무지 믿을 수가 없었다. 할아버지가 돌아가시지 않았다고? 할머니에게 자세한 이야기를 듣고 싶었지만 연락 신청을 받아 주지 않았다. 나는 할머니의 컨트롤러에서 불빛이 깜박이는 것을 보며 소리 없이 입 모양으로 물었다.

"어디에요?"

할머니가 알아들을 수 있도록 가능한 한 입을 크게 벌려서.

할머니는 찢어 낸 종이 위에 립스틱으로 대답을 적어서 보여 주었다. 내 눈을 의심할 수밖에 없었다. 설마 진심은 아니시겠지?

내가 이맛살을 찌푸리며 눈만 깜박이자 할머니가 종이를 확 구긴 뒤 욕실로 걸어갔다. 종이를 박박 찢어서 변기에 넣고 물을 내렸다. 그리고 방으로 돌아와 밤의 치유자 한 알을 포장에서 빼 꿀꺽 삼키더니 손수건으로 눈물을 닦고 침대에 누웠다. 나는 조용히 방으로 돌아왔다.

일단 사미라에게 전화해 오스카의 상태를 물었다. 이제 사미라는 밤의 치유자를 먹지 않으면 잠을 이루지 못하는 지경에 처했다. 벌써 약을 먹었는지 아주 나지막한 목소리로 느릿느릿 대답했다.

“여전히 아무것도 먹지도 마시지도 않아. 하루 온종일 잠만 자.”

나는 사미라의 말을 겨우 알아들었다.

“내가 뭐라도 도울 만한 게 없을까?”

아무 대꾸가 없던 사미라가 잠시 후 다시 입을 열었다.

“내일도 수학으로 내 정신을 다른 데로 돌려 줘.”

“그것 말고는 없어?”

“응, 없어.”

“알았어. 보건법을 준수하…….”

차마 그 말을 끝맺지 못했다. 내가 마치 R21처럼 말하고 있다는 생각이 들었기 때문이다. 아니, 우리 엄마처럼 말하고 있는 걸까? 그렇지 않다. 나는 컴퓨터처럼 말하지도 않았고, 청결부에서 일하는 엄마처럼 말하지도 않았다. 적어도 오스카 일에 관해서는 내 의지로, 내 목소리로 말하고 있었다.

“사미라, 잘 자고 내일 보자.”

깜박 잠이 들까 봐 자리에서 일어나 창가로 갔다. 드론이 안티셉트를 뿌리고 있었다. 오늘은 비가 왔기 때문에 밤의 보호막이 더 중요했다. 일반적으로 자연에서 내리는 비는 오염되어 있는 데다, 환경에 해가 되는 온갖 치명적인 물질들이 함유되어 있었다. 구름 속의 물은 병원균으로 가득 차 있으며, 여과되지 않았고 소독되지도 않았다.

청결부는 오직 클린 레인만이 문제를 해결할 수 있다고 했다. 하지만 그게 진실일까? 갑자기 의구심이 들었다. 내가 달달 외고 있는 것은 무엇일까? 진정으로 이해하고 있는 것은 또 무엇일까?

하늘을 올려다보았다. 어느새 구름이 걷혀 별들이 빛나고 있었다. 지금 이 시각 어딘가에선 비가 내리고 있겠지. 나는 할아버지 생각을 했다. 할머니가 립스틱으로 종이에 휘갈겨 쓴 글씨가 떠올랐다. 할아버지는 죽지 않았다.

할아버지는 살아 있어

할머니는 할아버지가 사는 곳을 알려 주었다. 할아버지는 안티셉트 비가 없는 곳에서 살고 있었다. 그곳은 바로 시크랜드였다.

위험한 외출

밤늦은 시각, 나는 에어록을 통과한 토코를 복도에서 맞이했다. 그 애는 분 단위까지 정확하게 시간을 맞춰 왔다. 우리는 짧게 미소로 인사했다. 거기에는 우리만의 묘한 비밀이 담겨 있었다. 집 안을 함께 청소한 뒤 짤막하게나마 둘만의 시간을 가지고 싶다는 바람이.

내가 살균 소독기를 맡고, 나머지 일은 토코가 맡았다. 할머니는 잠들어 있었지만 무슨 일이 벌어지고 있는지 이미 다 알았다. 중요한 건 우리 엄마였다. 엄마의 약은 침대 옆 탁자에 놓여 있었고, 포장지에는 오늘치 약 자리가 비어 있었다.

나는 용기를 내어 엄마 방까지 청소했다.

우리는 일을 끝낸 뒤 평소처럼 내 방에서 이야기를 나누었다.

"어때?"

내가 팔짱을 끼고 고갯짓하며 묻자 토코가 컨트롤러를 확인했다.

"나쁘지 않아. 오늘은 8분이나 일찍 끝났어. 물론 시간이 되면 가봐야겠지만."

토코가 한 발짝 다가왔다. 나도 한 걸음 더 다가갔다. 우리는 더 이상 안전거리를 유지하지 않았다.

"무슨 일 있어? 오늘 얼굴이 어두워 보이는데."

"요 며칠 사이에 이런저런 일이 많았어."

나는 말을 잇지 못했다. 할머니 말고도 다른 누군가에게 마음을 툭 터놓고 이야기하고 싶지만 그게 생각만큼 쉽지 않았다. 할머니와 나는 서로를 무척 좋아하고 누구보다 깊이 이해했다. 그러나 할머니는 여전히 과거 속에서 살고 있었다.

"무슨 일이 그렇게 많았는데?"

토코가 물었다.

어디서부터 말해야 할까? 공식 접촉인인 친구의 남동생이 단식 투쟁을 하는 것? 아니면 모두가 죽었다고 말해서 돌아가신 줄로만 알았던 할아버지가 살아 계시다는 걸 알게 된 것? 어떤 이유에서인지는 몰라도 할아버지는 시크랜드에서 살고 계신다. 혹시 누군가와 심하게 다투셨기 때문일까? 그런 거라면 무슨 일로? 어쩌면 할아버지는 안전실에서 살고 싶어 하지 않았는지도 모르겠다. 한 번도 만난 적은 없지만 오스카와 아주 비슷한 성격의 소유자일지도…….

얼마나 그러고 있었을까? 토코의 컨트롤러에서 불빛이 깜빡였다.

"벌써 시간이 다 지나갔나 봐. 다음 집에 늦게 간다고 혼나는 거 아니야?"

"그렇기는 하지만, 뭐 상관없어. 지금 너랑 여기 있는 게 더 중요하니까. 걱정 말고 하고 싶은 말 있으면 해."

나는 속에 담아 두었던 이야기를 꺼내기 시작했다. 혼란스러운 고민들을 다 쏟아 낸 뒤 우리는 한동안 아무 말 없이 서로를 바라보기만 했다. 토코가 팔꿈치로 나를 툭 치며 물었다.

"나랑 사귀어 보고 싶다는 마음은 아직 유효한 거지?"

나는 고개를 끄덕이며 팔꿈치로 그의 옆구리를 쿡 찔렀다. 공식 접촉인끼리만 할 수 있는 스킨십이었다.

"그럼, 내일 점심때 저기 교차로에서 만나자."

토코가 창밖을 가리키며 말했다.

나는 당혹스러운 눈빛으로 그를 바라보았다. 토코의 세계를 알고 싶고, 그와 사귀어 보고도 싶었지만 이건 예상보다 너무 빨랐다.

토코가 프로텍터에서 내 엄지손톱보다도 작고 납작한 장치 하나를 꺼내서 건넸다.

"교차로에 도착하면 네 컨트롤러 밑에다 이걸 붙여."

"이게 뭔데?"

"데이터 송수신을 막는 전파 방해 장치야."

"건강 정보 말이야?"

"그거랑 위치 정보, 접촉 정보 같은 걸 다 차단해. 그러니까 사람들이 네가 어디에서 무엇을 하고 있는지 알 수 없게 되는 거지."

"이게 왜 필요한데?"

"규정대로라면 우리는 밖에서 따로 만나서는 안 되니까."

그 말이 맞다. 청소 일이 끝나고 몇 분 동안이라면 모를까, 토코와 더 많이 이야기하고 싶다면 뭔가 다른 방법을 찾아야만 했다.

"컨트롤러가 아무 데이터도 보내지 않으면 의심받지 않을까?"

"아마도 기술적인 오류가 발생했다고 생각할 거야. 그런 일이 종종 일어나거든."

지금까지 한 번도 그런 일이 없었던 것 같은데……. 하지만 그런 생각을 입 밖으로 꺼내지는 않았다. 나는 이제껏 항상 최신 버전의 컨트롤러를 사용했지만, 토코는 그러지 못했을지도 모른다. 비용이 만만치 않기 때문이다. 그런 생각이 들자 공연히 그에게 미안한 마음이 들었다.

아무리 그래도 굳이 그런 속임수까지 써야만 하는 걸까? 하지만 나는 이미 다리를 건너기 시작했고, 무엇보다도 토코와 친구가 되고 싶었다. 이제는 얼마나 멀리 나아가고 싶은지 결정해야만 했다.

토코가 전파 방해 장치를 침대 옆 협탁 위에 내려놓았다.

"시간을 갖고 좀 더 생각해 봐. 나는 일단 다음 집으로 이동할게."

"응, 알았어. 건강 조심해."

나는 내일 낮에 보자고 말하지 않았다. 전파 방해 장치를 사용할지 말지 아직 결정을 내리지 못했기 때문이다. 엄마가 이 사실을 알게 된다면 모든 게 끝장날 것이다. 어떤 경우에도 내가 위험천만한 짓을 하는 걸 용납하지 않을 테니까. 더구나 학교 기지에서의 마지막 시험도 코앞으로 다가와 있었다.

그런데 토코를 만나러 가는 게 그렇게 위험천만한 짓일까? 기술적인 문제로 오류가 종종 발생하기도 한다는데……. 그 말을 정말 믿어도 될까?

아침이 되어 잠에서 깨자마자 사미라에게 연락했다. 연락이 올 때까지 마냥 기다리고만 있을 수가 없었다.

"어때?"

구구절절 말을 덧붙일 필요도 없었다. 지금 우리에게 가장 중요한 화제는 오스카뿐이었으니까.

"아직도 똑같은 상태야. 먹거나 마신 적이 없어."

사미라가 잔뜩 지친 목소리로 말을 이었다.

"밤새도록 주방에 누워 있었어. 위생 유리창에 달라붙은 채로. 안전실에 있는 오스카랑 나란히 누워서 잤어. 유리벽 하나가 우리 사이를 갈라놓았지만……."

사미라는 흐느끼면서 전화를 끊었다. 내가 세 차례나 연결을 시도했지만 받지 않았다. 서둘러 엄마에게 연락했다. 엄마 목소리에서 걱정하는 기색이 느껴졌다.

"쉘로, 무슨 일인데 그러니?"

"이러다가 오스카가 죽을지도 몰라요!"

"뭐?"

"오스카가 며칠째 먹지도 마시지도 않……."

"쉘로, 전화 끊지 말고 잠시만 기다려."

갑자기 피아노 연주음과 함께 부드러운 남자 목소리가 들려왔다.

"청결부의 모든 직원은 시민 여러분을 위해 최선을 다하고 있습니다. 지금은 상담을 처리 중이니, 잠시만 기다려 주시기 바랍니다. 죄송합니다. 청결부 직원이 곧 돌아올 것입니다. 잠시만 더 기다려……."

"쉴로?"

안내음이 끊기면서 엄마 목소리가 들렸다.

"오스카의 건강 지수는 정상이야. 밤에는 물도 마셨고. 아마 사미라가 그것까지는 몰랐나 봐."

"정말이에요? 오스카가 물을 마셨다고요?"

"그래, 그렇다니까."

"그럼 밥은요? 혹시 밥도 몰래 먹은 거예요? 그렇지 않다면 오스카는……."

"쉴로, 제발 좀 진정해. 오스카를 안전실에 있도록 한 조치는 최선이었어. 그 애도 이제 곧 보건법의 참뜻을 이해하고 준수하면서 사는 법을 배우게 될 거야. 그래야만 건강하게 자라 어엿한 어른이 될 수 있으니까. 더군다나 이건 오스카 혼자만의 문제가 아니라 더불어 살아가는 우리 모두의 건강이 달린 문제이기도 해. 만일 그 애가 계속해서 법을 지키지 않는다면……."

나는 더 이상 듣고 싶지 않아서 전화를 끊었다. 청결부의 원리 원칙을 들으려고 엄마한테 연락한 게 아니었다. 엄마가 뭔가를 바꿀 수 있을 거라고 막연히 기대했다. 설사 엄마에게 그럴 만한 힘이 있다고 해도 그리해 줄지는 알 수 없지만.

다시 사미라에게 전화를 걸었다. 다섯 번째 시도 끝에, 사미라가 연결을 수락했다. 여전히 울고 있었지만 내 말에 조용히 귀를 기울였다.

사미라가 금방이라도 부서질 듯 연약한 목소리로 되물었다.

"오스카가 밤에 몰래 물을 마셨다고?"

"응, 엄마가 그렇다고 했어. 아마 청결부 사람들이 오스카를 내내 지켜보고 있나 봐. 그러니까 너무 걱정하지 말라고."

말은 그렇게 하면서도 나 역시 확신이 서지 않았다. 물을 마셨다 할지라도 장기적으로 봤을 때 그것만으로는 충분하지 않으니까.

사미라는 운동하고 싶은 생각도 없었고, 시험공부도 저녁 이후로 미루려고 했다. 하루 종일 무슨 생각을 하고 어떻게 지내는지 알 수가 없었다. 도무지 말을 하려 들지 않았다. 온종일 오스카를 볼 수 있는 위생 유리창 옆에 붙어 있으려는 걸까? 그런 마음이라면 충분히 이해할 수 있을 것 같은데, 아무 얘기도 하려 들지 않으니…….

그건 그렇고 나도 아직 결정을 내리지 못했다. 점심때 토코를 만나러 교차로로 나가야 할까? 아니면 나가지 말아야 할까? 엄마가 이 사실을 알면 절대로 허락하지 않을 것이다. 하지만 나는 더 이상 어린아이가 아니다. 내 일은 스스로 결정할 수 있는 나이였다. 최소한 지금 이 순간만큼은 사람들이 나에게서 기대하는 것이나 허용된 것이 아니라, 내가 옳다고 느끼는 일을 해 보고 싶었다.

결국 약속한 시간에 맞춰 교차로에서 토코를 기다렸다. 내 옆에는 오스카 또래로 보이는 남자아이가 횡단보도의 신호가 바뀌기를 기다리고 있었다. 이윽고 신호등이 초록색으로 바뀌었지만, 아이는 길을 건너지 않고 가만히 서 있었다. 나를 보며 씩 웃기까지 했다. 나도 웃어 주었다.

손목과 컨트롤러 사이에 전파 방해 장치를 밀어 넣었다. 장치에 자성이 있어서 즉시 컨트롤러에 달라붙었다. 곧 컨트롤러 화면이 꺼졌다. 건강 정보도, 날씨도, 뉴스도, 심지어는 시간조차 보이지 않게 화면이 까맣게 죽었다. 세상과 완전히 단절된 듯한 묘한 느낌이 썩 좋지는 않았다. 이제 무슨 일이 생겨도 내 신체 정보는 모니터링되지 않을 테니까. 안 좋은 일이 발생해도 누구도 알아차리지 못할 것이다. 무엇보다도 두려운 건 누구에게도 연락할 수 없다는 사실이었다. 다른 사람도 나에게 연락할 수 없었다.

내가 전파 방해 장치를 붙이자마자 기다리고 있었다는 듯이, 옆에서 있던 아이가 한 걸음 다가서며 인사했다.

"쉘로 누나, 안녕?"

"어? 나, 알아?"

"아니, 그렇지만 나랑 같이 가."

물론 그 아이의 제안을 거절하고 그 자리에 남아 있을 수도 있었다. 하지만 내 이름을 아는 낯선 아이가 지금 이 시각에 여기에 있는 게 결코 우연일 리 없었다.

우리는 고층 아파트 건물들 뒤편의 주차장 쪽으로 함께 이동했다. 수없이 많은 차들이 늘어서 있었다. 좁은 길은 뒤뜰에서 뒤뜰로 계속 이어졌다.

아이의 걸음이 어찌나 빠른지, 나는 거의 뛰다시피 하며 좇아갔다.

난생처음 와 보는 곳이었다. 우리 집 근처였는데도 말이다. 그런데 길모퉁이를 돌자 아이가 감쪽같이 사라졌다. 어리둥절한 표정으로 주변을 살피는데, 한 여자아이가 잿빛 벽에다 축구공을 차며 놀고 있었다.

아이는 나를 보고는 말없이 공을 들어 팔 아래 끼우고 걷기 시작했다. 나는 그 모습을 잠자코 바라보았다. 이윽고 여자아이가 돌아서더니 나를 향해 손을 흔들었다. 분명한 신호였다. 우리는 건물들 뒤로 난 좁은 길을 따라 계속 걸어갔다.

여자아이의 걸음도 무척 빨랐다. 나는 서둘러 아이를 따라잡으며 물었다.

"너희는 토코의 친구야?"

"누구?"

여자아이가 되물었다. 나는 그 자리에 멈춰 섰다.

"조금 전에 만난 남자아이랑 네가 나를 토코에게 데려다주는 줄 알았는데."

아이는 가타부타 말하지 않고 계속 걸었다. 나에게는 선택의 여지가 없었다. 여기까지 와서 돌아선다는 것은 말이 되지 않았다.

20분 뒤, 우리는 중앙 공원묘지 입구에 도착했다. 가정 학습 시간에 배운 적이 있었다. 선생님이 팬데믹을 겪을 당시의 모습을 담은 영화를 보여 주었는데, 그때 실물 크기의 묘비를 본 기억이 났다.

각각의 비석에는 한 사람이 아니라 수십 명의 이름이 새겨져 있었다. 한꺼번에 너무 많은 사람이 죽었고, 죽은 이들을 위한 공간이 턱없이 부족했다. 얼마 전까지만 해도 우리 할아버지가 그들 중 한 명이라고 생각했다.

여자아이가 축구공을 담장 너머로 던지더니 곧장 담을 넘었다.

"이제 거의 다 왔어."

담 너머에서 여자아이의 목소리가 들렸다.

나는 입구를 찾아 주변을 두리번거렸다. 저 멀리 주차장이 보였다. 거기에 분명 출입문이 있을 터였다. 하지만 거기까지 가는 동안 아이가 사라져 버릴 것 같았다. 나는 벽 위로 기어올라 공원묘지를 둘러보았다.

팬데믹으로 인한 사망자 대부분은 화장 후 합장되어 지하 깊은 곳의 납골당에 모셔져 있다. 그 지하 무덤으로 들어가는 유리문들이 여기저기 보였다. 하지만 어느 시점에 이르자 합장 무덤을 마련한 지하 공간마저 부족해져서 더 아래쪽의 공간을 활용해야만 했다.

담장 위에서는 방문객이 보이지 않았다. 방문 시간이 아닐 수도 있고, 평일 한낮이라 사람들이 모두 일하고 공부하느라 바쁘기 때문일 수도 있다. 그도 아니면 모두 안전실에서 살고 있어서 이곳을 찾아올 수 없기 때문인지도 몰랐다.

나는 담장에서 뛰어내려 아이를 쫓아갔다. 그사이에 프로텍터가 완전히 더러워졌다. 잠시 멈춰 서서 혹시라도 찢어지거나 망가진 곳이 없는지 확인해 보았다. 다행히 겉으로 보기엔 멀쩡했다. 실제로 어떤 상태인지는 오직 컨트롤러만이 알 수 있겠지만.

아파트 앞 교차로를 떠난 직후부터 지금까지 스무 번 이상 죽은 화면을 확인했다. 언제부턴가 수시로 신체 정보를 확인하는 게 습관이

되어 있었다. 혹시라도 그사이에 연락이 오진 않았는지 궁금하기도 했다. 그러나 지금 이 편리한 장치는 아무 기능이 없는 장식용 팔찌에 불과했다.

컨트롤러를 교체할 수 있는 유일한 사람은 담당 의사 선생님뿐이었다. 내가 사용하고 있는 모델이 더 이상 적합하지 않다는 판단이 설 때면 교체를 해 주었다. 그러니까 의사 선생님을 찾아갈 때를 제외하고 컨트롤러가 없는 경우는, 정확히 말해서 작동하는 컨트롤러가 없는 경우는 이번이 처음이었다.

여자아이는 공원묘지 반대편에 이르자 다시 한번 담장을 기어올랐다. 갑자기 짜증이 확 치솟았다.

"대체 언제쯤 도착하는 거야?"

나는 벽에 기대 세워 놓은 묘비를 밟고 담장 위로 훌쩍 올라선 다음에 조심스럽게 반대편 바닥으로 뛰어내렸다. 눈앞에 벽만큼이나 높은 울타리가 있었고, 몇 미터 떨어진 곳에는 검은색 톱니 모양의 화살표가 그려진 노란색 표지판이 서 있었다.

위험! 감전 주의!

게다가 여자아이도 온데간데없이 사라져 버렸다. 울타리 너머에는 덤불과 나무들이 무성하게 자라 있었고, 노란색 페인트가 벗겨진 낡은 건물이 한 채 보였다. 건강한 변화 이후에 지어진 위생적인 주택보다 훨씬 작아 보였다. 팬데믹 당시의 전형적인 건축물이었다. 완전히

각이 진 형태로, 내부에는 소독하기가 어려운 여러 공간들이 있을 터였다. 창문도, 입구도 모든 것이 너무 작았다. 이런 집에서라면 서로가 위험할 정도로 가까이 붙어 지낼 수밖에 없었을 것이다.

나는 여자아이를 찾아 두리번거리다가 울타리에 난 틈새를 발견했다. 1미터 너비에 높이는 내 키의 절반 정도 되었다. 무리 없이 통과할 수 있을 듯했다. 하지만 그래도 될까? 모든 것이 더럽고 불결했다. 울타리 저편에서 그 어떤 질병이 나를 기다리고 있을지 모른다.

팬데믹 너머의 공간

나는 공원묘지의 벽 쪽으로 돌아서서 담 위로 올라가기에 마땅한 장소를 찾았다. 전파 방해 장치를 부착한 것은 어리석은 결정이었고, 먼 길을 걸어 비위생적인 곳까지 무작정 따라온 것도 멍청한 짓이었다. 이제라도 돌아가서 온몸을 철저하게 소독해야 했다. 집으로 돌아가는 길쯤이야 어떻게든 찾을 수 있을 것이다.

몇 미터 떨어진 벽에 녹슨 양철통들이 놓여 있었다. 그 위에 올라서면 어렵지 않게 벽을 넘을 수 있을 것 같았다. 곧장 통 위에 올라서는데 바로 뒤에서 토코의 목소리가 들렸다.

"파티가 이제 막 시작되었는데……."

갑자기 어디에서 나타난 걸까? 토코가 다가와 나에게 손을 내밀었다. 프로텍터를 입고 있었지만 그 손을 잡고 싶지 않았다. 나는 뾰로

통한 표정을 지으며 바닥으로 뛰어내렸다.

"무슨 파틴데?"

"어제 많이 힘들어했잖아. 그래서 널 위해 파티를 준비했지."

"지금 이 시각에?"

토코가 구름 한 점 없는 하늘을 올려다보았다.

"너도 알다시피 밤에는 내가 일을 해야 하잖아. 그래서 낮 동안에 파티를 즐겨."

"이렇게 구질구질한 곳에서?"

맙소사! 절대 해서는 안 되는 말이었다. 화가 나서 무심코 쏟아 낸 말에 나는 소스라치게 놀랐다.

"미안해. 내 말은, 그러니까 여기가……."

"괜찮아. 나도 여기가 깨끗하다고 생각하지는 않는데, 뭐."

토코가 울타리에 난 구멍 틈으로 몸을 욱여넣더니 곧장 건너편으로 빠져나갔다.

"지금은 전기가 흐르지는 않지만 그래도 조심해. 알았지?"

나는 토코의 말을 한 귀로 흘리며 그 자리에 가만히 서 있었다. 토코가 미소를 지으며 말했다.

"걱정 마! 곧 소독하러 갈 거니까. 약속해."

"너도 여기서 사는 건 아니지?"

"응, 널 어디서 만나야 할지 고민하다가 이곳으로 부른 거야. 네가 사는 구역에는 클리너로 밤에만 들어갈 수 있고, 너는 내가 사는 구역에 절대로 들어와서는 안 되니까."

나는 그 사실을 미처 몰랐다. 서로가 사는 구역에 접근조차 못한다니……. 물론 토코를 만나기 전에는 그것을 확인해 보려는 시도조차 하지 않았지만.

"어떻게 할래? 나랑 같이 파티에 갈 거야? 아니면……."

나는 몸을 잔뜩 웅크려 울타리 틈새를 통과했다. 우리는 어느 건물의 계단 앞에 멈춰 섰다. 계단은 지하실로 연결되어 있었다.

"저 아래에서 파티가 열리는 거야?"

토코가 벽에 달린 스위치를 네 번 누르자 지하실의 문이 열렸다. 음악 소리와 사람들의 말소리가 왁자하게 들려왔다. 막상 그 소리를 들으니 기대감에 마음이 부풀었다.

"정말 파티가 열리고 있네!"

"여기에서라면 우리도 함께 즐거워하며 파티를 열 수 있어. 클리너인 사람과 클리너가 아닌 사람이 함께 말이야."

토코가 앞장서 걸어갔다. 이윽고 우리는 작은 로비에 도착했다. 손에 호스를 들고 있던 아줌마가 인사를 건넸다.

"안녕! 네가 쉴로구나?"

호스의 끝은 안티셉트 통과 연결되어 있었다. 아줌마가 어깨를 으쓱하며 말을 이었다.

"아무래도 안전한 게 최고니까!"

내가 두 팔을 벌린 채 한 바퀴 원을 그리며 빙그르 돌자 아줌마가 안티셉트를 분사했다. 그런 다음에는 손바닥과 신발 바닥을 내밀어 소독했다. 우리가 차례로 소독을 마치자 아줌마가 뒤에 있는 문을 두드렸다. 지하 공간은 내가 즐겨 찾는 클럽만큼 넓지는 않았지만, 안에 50명가량의 사람들이 북적이며 춤을 추고 있었다. 분위기도 상당히 좋아 보였다.

나는 토코의 안내를 받아 기다란 널빤지를 여러 개의 상자로 받쳐 만든 간이 바로 향했다.

"뭘로 드릴까요?"

주위에 서 있는 사람들은 정체 모를 붉은색 음료를 마시고 있었다. 내가 그들이 들고 있는 유리잔을 가리키자 토코가 깜짝 놀라 물었다.

"저게 뭔지는 알아?"

"포도주스 아니야?"

토코가 키득거렸다.

"아니, 저건 와인이야."

"여기서는 술도 팔아?"

나는 술병이 모자이크 처리된 할머니의 사진을 떠올렸다.

"여기에는 모든 게 다 있어요."

바텐더가 웃으며 말했다.

"그럼 저는 오렌지주스 주세요."

"저도요."

토코가 테이블 위에 지폐 한 장을 올려놓았다. 어렸을 때 이후로 현금을 보기는 처음이었다. 이곳에서는 흔적을 남기지 않기 위해 누구도 컨트롤러로 계산을 하지 않는 것 같았다. 동전과 지폐를 사용하면 아무것도 알아낼 수가 없기 때문이다.

"지폐는 어디서 난 거야?"

내가 묻자 토코는 대답 대신 살며시 윙크를 했다.

우리는 주스 병을 들고 파티장 한쪽 구석에 섰다. 이곳에서는 바닥에 놓인 커다란 쿠션에만 앉을 수 있었는데, 그리 위생적으로 보이지 않았다. 토코도 같은 생각인 듯했다. 자리에 앉는 대신 서 있자고 하는 걸 보니…….

주스 병에는 빨대가 꽂혀 있어서 바이저를 벗지 않고도 음료를 마실 수 있었다. 하지만 주변을 둘러보니 바이저나 프로텍터를 착용하지 않은 사람들도 더러 눈에 띄었다. 그들은 불안하지도 않은지 아랑곳없어 보였다. 나는 집이 아닌 공간에서 프로텍터를 착용하지 않은 사람들을 본 적이 없었다. 다리가 후들거리는 것 같아 얼른 벽에 기대어 섰다. 바이저를 쓰지 않고 이야기를 나누면 상대방의 얼굴에 침이 튀었다. 평소보다 큰 소리로 말할 때는 더욱 그랬다.

"괜찮아?"

토코가 걱정스러운 듯이 물었다. 나는 말없이 고개만 끄덕였다.

"걱정하지 마. 우리는 둘 다 프로텍터를 입고 있으니까. 나는 프로텍터나 바이저를 벗을 생각이 조금도 없어."

기분이 좋지 않았다. 그 순간, 토코의 손이 내 팔을 잡는 게 느껴졌다. 나는 그를 향해 돌아섰다. 우리는 서로를 조심스럽게 껴안았다. 토코의 어깨에 머리를 슬며시 기대자 내 바이저가 아주 조금 밀리는 게 느껴졌다.

우리는 그 상태로 느리게 춤을 추었다. 파티장의 음악과는 어울리지 않았지만 아무도 신경 쓰지 않았다. 그렇게 30분 가까이 춤을 추었다. 어쩌면 한 시간 동안 춤을 추었는지도 모른다. 컨트롤러가 꺼진 데다 토코와 함께 있으면서 시간 감각을 잃었으니까. 지금 이 순간이 영원토록 지속된다 해도 상관없었다.

어느 순간 두 눈이 스르륵 감겼고, 주위에서 사람들이 떠드는 소리마저 사라졌다. 누구도 우리 둘에 대해 뭐라고 하지 않았다. 이곳에서 나는 안전했다. 여기 있는 사람은 다른 곳에서는 허용되지 않는 방식으로 평화롭게 즐기기를 원했다.

"여기 자주 와?"

"이 클럽은 장소를 자주 옮겨. 주변에 오래된 집이 많이 있거든."

나는 토코가 말을 돌리는 것 같다고 느꼈다. 이런 파티에 자주 참석하는지, 누구와 함께 오는지가 궁금한 건데……. 하지만 더 이상 그런 것들에 신경 쓰고 싶지 않았다.

나는 고개를 들어 실내를 둘러보았다. 우리 앞에 서 있는 두 명의 여자는 바이저도 없이 딱 달라붙어서 큰 소리로 웃고 떠들며 춤을 추고 있었다. 2미터도 채 떨어져 있지 않은 곳에서는 남자아이와 여자아이가 꼭 껴안고 있었다. 내 또래 같아 보였다. 그런데 여자아이가 바이저를 열더니 입술을 남자아이의 목에 대고 눌렀다. 프로텍터를 입은 상태였지만, 아무리 그래도 키스를 하다니! 키스는 시크랜드에서나 가능한 행위였다. 그러자 남자아이도 바이저를 열고 여자아이와 입을 맞추었다. 그들은 수많은 병원체를 서로 교환하고 있었다.

갑자기 속이 울렁거리고 현기증이 났다. 두 아이의 혀가 보였기 때문이다. 주위가 빙글빙글 돌아가나 싶더니 바텐더가 나를 보며 뭐라고 소리쳤다. 나는 토코를 바라보았다. 입을 벙긋거리는 걸 보니 뭐라고 말을 하는 듯했지만 아무 소리도 들리지 않았다. 위험할 정도로 바짝 다가온 그 애의 얼굴이 점점 흐릿해졌다. 나는 힘없이 토코의 팔에 안겼다. 그 후 모든 것이 시꺼멓게 변했다.

가까스로 정신을 차리고 눈을 뜨자 푸른 하늘이 보였다. 어디에 있는 거지? 바닥이 부드러웠다. 파티장에서 보았던 커다란 쿠션 위에 누워 있었다. 다행히 지하실이 아니라 오래된 건물 옆 광장이었다.

"이 쿠션들은 미리 소독해 놓은 거니까 걱정 마."

로비에 서 있던 아줌마가 말했다. 그녀는 내 옆 안티셉트 통 위에 앉아 있었고, 토코는 그 뒤에 서 있었다.

"저 아래에 있는 게 너한테는 너무 힘든 일이었나 봐. 미리 생각했어야 했는데……."

나는 고개를 저었다.

"아니야, 내 잘못이지. 나는 정말로 네가 사는 세상이 알고 싶었어."

"쉴로, 그건 내 세계가 아니라 너의 세계였어."

"뭐? 그게 무슨 소리야?"

"그 애들은 클리너가 아니야. 사회 보건국에 등록된 공식 접촉인도 아니고. 그저 잠깐 동안의 즐거움을 추구하는 사람들이지."

"즐거움이라고?"

"네가 무슨 생각하는지 아는데, 나는 절대로 그렇게 하지 않을 거야."

나는 토코가 내민 손을 잡고 몸을 일으켰다. 아줌마가 호스를 들고 와 우리의 프로텍터를 소독해 주었다.

토코가 자기 자신을 아끼고 돌보며 보건법도 잘 지키는 모습이 마음에 들었다. 아니면 나를 위해 이러는 걸까?

나는 건물 안마당을 자세히 살펴보았다. 회색 바닥재는 곳곳이 갈라져, 그 틈에서 잡초가 무성히 자라고 있었다.

"여기는 어떤 곳이야?"

"너보다 한 시간 전에 도착해서 미리 살펴봤어. 구경할래?"

우리는 건물 출입구로 걸어갔다. 입구는 널빤지를 대고 못질해 막아 놓았는데, 창문이 깨져 있었다. 토코가 바닥에 있는 유리 조각들을 가리키며 말했다.

"프로텍터가 찢어질지도 모르니까 조심해."

잠시 후 우리는 작은 책상들이 가득한 공간으로 들어섰다. 옛날에 교실로 사용하던 곳인 듯했다.

"책상 사이 간격이 너무 가까워."

내 말에 토코가 고개를 끄덕였다.

"심지어 책상 하나에 두 명의 아이들이 함께 앉아 있었어. 의자가 두 개잖아."

그 말을 듣자 목구멍이 꽉 조이는 것 같았다. 이 좁은 공간에 열네 개의 책상이 있었는데, 그렇다면 스물여덟 명의 학생들이 동시에 머물렀다는 것을 의미했다. 세상에! 교실 하나에 거의 서른 명에 가까운 아이들이 함께 머물렀다고? 같은 공기를 들이마시고 내뱉으면서! 천장을 올려다보았지만 공기 여과 장치도 없었고, 심지어 환기구조차 보이지 않았다.

토코가 교실 한편의 작은 세면기 옆에 있는 물비누 분사기를 가리켰다.

“이런 것조차 갖추지 못한 교실이 대부분이야.”

속이 메슥거렸다. 또다시 쓰러지지 않도록 조심해야 했다.

“팬데믹이 일어난 것도 어찌 보면 너무나 당연한 일이야.”

토코가 문 쪽으로 다가가 발로 문을 걷어차 열었다.

“이것 봐. 내가 생각한 그대로야.”

처음에는 전기가 끊긴 탓에 자동 시스템이 고장 난 거라고 생각했지만, 다시 샅샅이 살펴보니 문에는 덜렁 손잡이 하나만 달려 있었다. 자동문이 아니었다. 나는 어이없는 표정으로 토코를 바라보았다.

“모든 아이들이 늘 이 손잡이를 만져야만 했다는 거잖아?”

토코가 복도에 서서 대답했다.

“게다가 그 당시에는 프로텍터고 장갑이고, 뭐 그런 게 아무것도 없었어.”

화가 불쑥 치밀어 올랐다. 이렇게 열악한 환경에 아이들을 내몰다니! 우리는 긴 복도를 걸어가며 교실이 몇 개인지 세어 보았다. 한 층에 네 개 학급이 있었다.

“이 건물은 몇 층짜리야?”

“사층.”

일층 학생 수에 4를 곱해 보았다. 이 작은 건물에 500명 가까운 학생들이 머물렀다니, 도저히 믿을 수가 없었다. 이곳에서는 보건 수칙 중 그 어떤 것도 지킬 수 없었을 것이다.

계단 앞에 멈춰 서자 위쪽에서 사람들의 목소리가 들려왔다.

토코가 물었다.

"더 둘러볼래?"

"저 위에는 누가 있는 거야?"

"장사꾼들이야."

"여기에 장사꾼들이 있어?"

"너한테 준 전파 방해 장치를 어디에서 샀는지 알아맞혀 봐. 바로 저 사람들한테서 샀어. 파티를 열려면 저 사람들을 빼놓고 생각할 수가 없지."

"저 사람들이 전파 방해 장치를 팔아?"

"응, 그것뿐만 아니라 거의 모든 걸 팔아. 없는 게 없어."

나는 오늘 충분히 많은 것들을 보았기에 더 이상 위로 올라가고 싶지 않았다. 토코도 내 마음을 읽은 듯했다.

"저 앞에 열린 창문으로 나가면 돼."

우리는 밖으로 나간 뒤 차례로 울타리 틈새를 통해 그곳을 빠져나갔다. 공원묘지 벽 앞에 서자 토코가 이제 가 봐야 한다고 말했다.

"일을 시작하기 전에 몇 시간이라도 눈을 붙여야 하거든."

우리는 미소를 지으며 서로를 껴안았다. 바이저가 살짝 부딪쳤지만 아무렇지도 않았다. 그때 무언가가 날아와 내 등을 강타하는 바람에 깜짝 놀라 비명을 질렀다.

뒤돌아서자 아까 만났던 여자아이가 서 있었다. 내 등을 때린 축구공은 땅바닥에 떨어져 있었다. 내가 공을 차서 돌려주자 아이가 머리로 공을 받았다. 축구공이 울타리에 부딪혔다가 다시 아이에게로 굴러갔다.

"저 아이가 네가 사는 동네로 안내해 줄 거야."

토코의 말에 고개를 끄덕이며 여자아이에게 다가갔다. 물론 적당한 거리를 유지했다.

"넌 이름이 뭐야?"

아이는 대꾸도 없이 앞장서 걷기 시작했다. 함께 걸어가는 동안 아무 말도 하지 않았다. 어느 시점에선가 건물 모퉁이를 돌았는데, 정신을 차려 보니 아이는 이미 사라져 보이지 않았다. 내가 아는 4차선 도로였다. 이 길을 따라 30분 정도만 걸어가면 아파트 앞 교차로가 나온다.

마음 같아서는 당장이라도 컨트롤러에 붙인 전파 방해 장치를 제거하고 싶었다. 그러면 지하철을 탈 수 있을 터였다. 게다가 갈증이 나서 참을 수 없었다. 오렌지주스 한 병을 마신 후로 계속 움직이기만 했기 때문이다. 그러나 컨트롤러를 활성화하지 않으면 아무것도 할 수 없었다.

카페 앞을 지나며 보니 이인용 테이블에는 두 사람씩 앉아 있었다. 그들은 아마도 공식 접촉인 사이일 것이다. 그리고 안쪽에는 커다란 가족 테이블이 자리하고 있었다. 그중 한 테이블에 두 명의 어른과 한 명의 아이가 사이좋게 앉아 있었다. 테이블은 플라스틱판으로 둘러 싸여 있었다. 아이는 네 살쯤 되어 보였고, 최고급 '보호 마스크(유아에게 가장 좋습니다.)'를 착용하고 있었다. 오직 부모만이 잠금장치를 해제할 수 있는 마스크였다.

그 모습을 보자 문득 오스카 생각이 났다. 보호 마스크는 유아용이기 때문에 오스카가 쓸 수 있는 어린이용은 없었다. 설사 그런 마스크가 있다고 할지라도, 오스카는 그걸 얼굴에서 뜯어내고야 말았을 것이다. 오스카는 지금 어떻게 지내고 있을까? 사미라는? 전파 방해 장치를 제거하는 즉시 연락해야겠다.

토코는 집 앞 교차로에 도착할 때까지 장치를 떼어 내지 말고 기다리라고 했다. 내가 어디를 다녀왔는지 파악이 되지 않아야 문제가 발생할 여지가 줄어든다는 것이다.

마침내 아파트 단지 앞 교차로에 도착했다. 광장을 둘러보니 골목길 모퉁이 쪽에 초록불이 깜박이는 이동식 살균 소독 컨테이너가 보였다. 내 앞에 서 있던 한 아줌마가 컨테이너 안으로 들어가더니 5초 후에 소독을 받고 밖으로 나왔다.

그런데 내 앞에 서서 머뭇거리는 게 아닌가! 뭘 기다리는 거지? 한참 뒤에야 내가 얼마나 버릇없고 개념 없이 행동했는지 깨달았다. 아줌마는 보건법을 준수하고 있는 것이었다. 안전거리 유지! 나는 세 걸음 뒤로 물러서며 사과했다.

"죄송해요. 그리고 건강하세요!"

아줌마가 고개를 절레절레 흔들며 지나갔다. 갓 뿌린 안티셉트 소독약이 그녀의 프로텍터 위에서 반짝이며 빛을 발했다.

이동식 살균 소독 컨테이너는 무료였다. 입구에는 다음과 같이 적혀 있다.

충분하지 않은 안전거리? 너무 많은 접촉? 지금 당장 소독하세요!

지금의 나에게는 둘 다 적용되는 말이었다. 컨테이너 안으로 들어가 스크린 위쪽을 터치했다. 병에 걸릴까 봐 두려워 이러는 것은 아니었다. 혹시나 모를 만일의 사태에 대비하기 위해서였다. 땀에 젖고 더러워진 프로텍터를 입은 채 에어록 안으로 들어선다면 홈 컨트롤러에서 무슨 말이 나올지 알 수 없었기 때문이다.

아파트 입구 앞에서 전파 방해 장치를 제거했다. 3초도 채 지나지 않아 모든 데이터가 다시 켜졌다. 다행히 수치는 모두 정상이었다.

곧이어 컨트롤러가 꺼진 사이에 전송된 메시지들이 한꺼번에 쏟아져 들어왔다. 사미라네 부모님에게서 그사이 열세 번이나 부재중 연락이 와 있었다. 사미라가 아니라 왜 부모님에게서 연락이 온 거지? 안 그래도 오늘 저녁에 같이 시험공부를 하기로 했는데……. 무슨 일이 생긴 걸까?

엘리베이터에 타자마자 사미라에게 연락했다. 그런데 컨트롤러에서는 사미라의 목소리가 아니라 친절한 기계음이 대신 응답했다.

“사미라 양은 지금 연락을 받을 수 없습니다. 보건법을 준수하고 건강을 유지하세요!”

평소 사미라와는 언제 어느 때건 연락을 주고받았다. 밥을 먹을 때나 심지어 샤워를 할 때조차 서로의 연락을 수락했다. 불안한 생각에 가슴이 두근거렸다. 얼른 사미라 부모님에게 연락했다.

"쉴로!"

사미라 아빠가 기다렸다는 듯이 곧바로 전화를 받았다.

"드디어 연락이 되는구나."

"아저씨, 사미라와 연락이 안 돼요. 무슨 일이 있나요?"

"놀라지 말고 들어. 사미라에게 문제가 생겼어."

여기서 벗어나고 싶어

일단 집에 들어가자마자 간단히 요기부터 하고 사미라네 집에 가 볼 생각이었다. 사미라에게 대체 무슨 일이 생긴 걸까? 혹시 가출이라도 했나? 그럴 리는 없었다. 부모님과의 사이도 무척 좋았고, 가출할 만한 이유도 없었으니까.

내가 어떤 질문을 해도 사미라 아빠가 똑같은 대답을 한 게 아무래도 미심쩍었다. '그래, 오늘 오스카를 보러 와도 돼.'라고 세 번 이상 대답했다. 곰곰이 생각해 보니 컨트롤러를 통해서는 그 어떤 이야기도 하고 싶지 않은 듯했다. 그래서 한 시간 안에 가겠다고 말한 뒤 연락을 끊었다.

아파트 에어록에 섰지만 홈 컨트롤러가 아무 반응도 보이지 않았다. 소용이 없다는 걸 알면서도 유리문을 두드렸다. 엄마는 이 시각에 일을 하고 있을 테고, 할머니는 안전실에 있을 텐데 말이다. 홈 컨트롤러가 허가를 내리지 않으면 아무도 에어록을 열 수 없었다. 응급 상황에서는 경찰과 소방대원, 또는 의사만이 문을 열 수 있었다.

잠시 후 다행히 홈 컨트롤러가 반응을 보였다. 왜 이렇게 시간이 오래 걸린 거지? 의아해하고 있을 때 메시지가 떴다.

일주일 동안 개인 안전 모드입니다.

뭐라고? 왜? 내 프로텍터에서 빨간불이 깜박이기 시작했다. 나는 다시 한번 유리문을 두드렸다. 아니, 거의 주먹으로 내리치다시피 했다. 손이 아팠지만 상관하지 않았다. 지금 당장 이곳에서 나가고 싶을 뿐이었다.

신체 지수를 확인해 보았다. 모든 수치가 정상 범위였다. 토코와의 데이트는 나에게 조금도 해를 끼치지 않았다. 게다가 평소에 꾸준히 운동을 하는 편이라서 오늘 이동한 거리쯤은 아무 문제도 아니었다. 뛰지도 않았고, 이동식 컨테이너에서 소독도 했는데!

손목의 컨트롤러가 다시 한번 깜박이더니, 격리 이유를 담은 메시지가 떴다. '심각한 건강상의 위험 요인'이 있다고 했다.

당신의 위치 정보는 4시간 11분 동안 알려지지 않은 상태로 남아 있습니다. 오류가 발생한 것으로 추정됩니다. 이번 예방 조치에 대해 이해해 주시기를 부탁드립니다. 건강하세요.

믿을 수가 없었다. 에어록이 열리자마자 방으로 뛰어 들어가 침대 위에 쓰러졌다. 이게 무슨 난리지? 모든 게 엉망진창이었다. 지금부터 일주일 동안 자가 격리에 들어가야 했다. 사미라 부모님이 나를 기다리고 있는데! 게다가 부모님을 만나지 않으면 사미라에게 무슨 일이 일어난 건지 알 수 없을 터였다. 사미라의 컨트롤러로 다시 한번 연락을 시도했지만, 이번에도 친절한 안내 음성만 나왔다.

불쑥 화가 치밀었다. 토코가 나를 이런 상황에 끌어들인 탓에 격리까지 당하게 되었다는 생각이 들었던 것이다. 하지만 다시금 생각해 보니 그 애는 전파 방해 장치가 이런 문제를 일으킬 줄 몰랐던 것 같다. 클리너가 아닌 사람을 초대해 어울린 적이 없었다는 뜻이기도 했다. 무엇보다 그의 세계를 알고 싶어 한 것은 스스로 내린 결정이었다. 실제로는 클리너와 클리너가 아닌 사람이 함께 모일 수 있는 일종의 중간 세계에 다녀온 것뿐이지만.

사미라에 대해 곰곰이 생각해 보았다. 그 애에게 뭔가 안 좋은 일이라도 생긴 걸까? 무슨 일이 있을 때면 다짜고짜 최악의 상황부터 떠올리는 건 나의 오랜 습관이자 문제점이었다. 할머니가 어딘가 불편해 보이면 금방이라도 돌아가실 것 같아 걱정을 했다. 다음 날 아침이면 언제 그랬냐는 듯이 멀쩡해지셨는데도 말이다. 그러니 지레 겁먹고 걱정하지 않아도 될 것이다. 사미라에게는 분명 아무 문제도 없을 테니까.

나는 엄마에게 연락했다. 엄마라면 컨트롤러 문제를 꼬치꼬치 캐묻지 않고 도움을 줄지도 모른다는 생각이 들었다. 하지만 엄마는 대뜸 소리를 질렀다.

“뭐? 안전 모드라고? 그새 또?”

“아무 문제 없어요. 제 데이터를 확인해 보세요. 전부 녹색 영역에 들어가 있잖아요.”

“그럼 네 시간 넘게 어디에 있었던 거야?”

엄마는 데이터만 보는 사람이 아니었다. 나는 바로 대답하지 못하고 잠시 머뭇거렸다.

“쉴로, 하루 종일 어디에 있었냐고!”

추궁하는 듯한 엄마의 말투 때문에 짜증이 훅 솟구쳤다. 나는 더 이상 다섯 살짜리 어린아이가 아니다. 어차피 말해도 믿지 않을 듯해서 낮에 있었던 일들을 그대로 이야기했다. 물론 다 털어놓지는 않았다. 토코를 곤경에 빠뜨리고 싶지는 않았으니까.

“파티에 갔어요. 프로텍터나 바이저를 착용하지 않은 사람들도 몇 명 있었고, 술도 있었어요. 나는 오렌지주스만 마셨고요. 어떤 애들이 키스하는 걸 보고 너무 놀라서 정신을 잃었어요.”

엄마는 아무 말 없이 듣고만 있더니, 짜증 섞인 목소리로 느릿느릿 말했다.

“참, 재미있는 이야기구나.”

그러고는 연결을 끊어 버렸다. 하지만 2분도 채 지나지 않아 다시 연락이 왔다.

“엄마한테 왜 거짓말을 하니?”

“거짓말 안 했어요.”

엄마는 머리끝까지 화가 난 듯했다.

"또 거짓말! 파티에 가지 않았잖아?"

"그럼 제가 어디에 있었는데요?"

"집 옆의 작은 공원에 있었네."

"제가 공원에 있었다고요?"

"그래, 집 바로 옆에 있는 공원에서 시험공부를 했잖아."

"제가 공원에서 시험공부를 했다고요?"

나는 어처구니가 없어서 엄마 말을 따라 하며 되물었다.

"왜 굳이 밖에서 시험공부를 했는지는 모르겠지만 말이야. 쉴로, 공원은 깨끗하지 않아. 물론 그런 건 네가 알아서 결정할 일이지만."

그때 프로텍터의 빨간불이 꺼졌다.

"엄마! 안전 모드가 해제됐어요!"

"알아. 네가 어디에 있었는지 확실히 밝혀져서 그래. 널 봤다는 목격자도 있고."

"목격자요?"

"그래, 그 목격자 덕분에 네가 공원에 있었다는 것도 알게 된 거야."

"제가 네 시간 동안 공원에 있는 걸 본 사람이 대체 누구예요?"

엄마는 말하기 싫다는 듯이 일방적으로 연락을 끊어 버렸다.

이게 다 무슨 일일까? 목격자가 있다니! 이대로 하루 종일 생각한다 해도 쉽사리 답을 찾지 못할 것 같았다. 더구나 지금은 사미라네 집에 가는 게 무엇보다 중요했다. 그래도 출발하기 전에 뭐라도 좀 먹고 마셔야 할 듯해서 서둘러 주방으로 갔다. 그러지 않으면 또 쓰러질지도 모르니까.

주방에 가서 위생 유리창 너머에 있는 할머니에게 인사를 했다. 할머니는 공기 필터 옆의 작은 창가에 서서 웃으며 손을 흔들었다. 아! 그곳에서라면 맞은편에 있는 작은 공원을 내려다볼 수 있었다!

나는 인스턴트 팩을 데운 후 식탁에 앉았다. 팩을 데워서 먹는 데는 4분밖에 걸리지 않았다. 식사를 하는 데 더 많은 시간을 들일 여유가 없었다.

"할머니, 저는 또 바로 나가 봐야 해요."

할머니가 고개를 끄덕였다.

"그래, 늘 왔다 갔다 바쁘구나."

목격자로서 할머니가 한 말에 대해서는 한 마디도 하지 않았다. 할머니는 그런 일에 있어서는 늘 조심스러웠다. 할아버지가 아직 살아 있다는 것도 뜯어낸 종이 위에 립스틱으로 휘갈겨 써서 비밀리에 알려 줄 만큼. 아마 나를 위해 거짓말을 한 이유도 컨트롤러를 통해서는 설명해 주지 않을 것이다.

식기를 세척기에 넣은 뒤 할머니에게 손을 흔들었다.

"죄송해요. 잠시 나갔다 올게요. 사미라 부모님이 절 기다리고 계셔서요."

"그래, 참! 오늘 공원에서 공부는 많이 했고?"

할머니가 눈짓을 하며 덧붙였다.

"그런데 사미라 부모님이 왜 너를 기다리니?"

"사미라에게 문제가 좀 생겼대요."

할머니가 다시 빙긋 웃었다. 별일 아니라고 생각하는 것 같았다.

“그래, 그 나이 때는 종종 정신 나간 짓을 하곤 하지.”

나는 인스턴트 팩을 재활용품 처리기에 버리며 대답했다.

“어쨌든 사미라를 만나 봐야겠어요.”

“그럼, 당연히 그래야지. 너는 그 아이의 단 한 명뿐인 친구니까.”

진정 할머니다운 말씀이었다. 할머니는 팬데믹 이전 시대에서 자라서 친구들이 많았다. 하지만 지금은 단 한 명의 공식 접촉인만 등록할 수 있기 때문에 그 한 사람이 절친일 수밖에 없었다.

나는 어깨를 으쓱해 보이곤 서둘러 집을 나와 지하철역으로 갔다.

예약한 좌석이 있는 열차 칸에 오르자 엄마에게서 연락이 왔다.

“이렇게 늦은 시각에 사미라 집에는 왜 가는 거야?”

엄마는 왜 자꾸만 내 삶에 끼어들고 간섭하는 걸까? 엄마에게는 자신의 삶이 있고, 그것만으로도 충분히 머리가 아플 텐데!

“그새 또 절 감시하는 거예요? 이건 제 일이지 엄마하고는 상관없잖아요.”

“그렇지 않아. 이 일은 우리 모두하고 관계가 있어.”

엄마가 진지한 목소리로 대꾸했다.

“어떻게요?”

최대한 차분하게 대답하려고 했지만 속에서 열이 부글부글 끓어올랐다.

“너의 공식 접촉인이 우리에게 좋지 않은 영향을 끼치고 있어.”

“우리라고요?”

나는 큰 소리로 되물었다. 엄마 말을 믿을 수가 없었다.

"그래, 우리 둘 모두에게 말이야. 사미라의 가족은 청결부에서 문제 가정으로 주목받고 있어."

"그야 당연하죠. 오스카가 그 잘난 청결부 때문에 굶어 죽어 가고 있다고요!"

나는 거의 소리를 지르다시피 했다.

"쉴로!"

엄마가 내 이름을 부를 때면 상황이 만만치 않다는 것을 의미했다.

"나는 그저 내가 맡은 일을 하고 있을 뿐이야. 지금 집세며 식비며 네 교육비, 심지어 교통비까지 지불하고 있는 사람은 바로 나야. 엄마라고."

"그래서요? 그렇다고 해서 엄마에게 내 삶을 이래라저래라 하실 수 있는 권리가 있는 건 아니잖아요."

나는 컨트롤러를 꺼 버렸다. 엄마의 표정을 보고 싶지 않았다. 한시라도 빨리 사미라네 집에 도착해, 그 애한테 무슨 일이 일어나고 있는지 알고 싶을 뿐이었다.

사미라네 부모님은 에어록 뒤에 서서 나를 기다리고 있었다. 우리는 함께 주방으로 이동해 위생 유리창 앞에 멈춰 섰다. 위생 유리창은 마치 수천 개의 조각으로 구성된 퍼즐처럼 금이 가 있었다.

"사미라가 그런 거야."

사미라 엄마가 조심스럽게 입을 열었다.

"저 안으로 들어가려고 했나요?"

나는 사미라 아빠가 건네준 물 한 컵을 단숨에 들이켰다. 목이 타서 입 안이 바짝 말랐다.

"우리는 사미라가 오스카를 꺼내 주기 위해 그런 거라고 생각해."

오스카는 위생 유리창 바로 옆 방바닥에 웅크리고 누워 있었다. 두 다리가 단단히 묶인 채.

"오스카에게 무슨 일이 있었어요?"

사미라 아빠가 내 컨트롤러에 오스카의 신체 정보를 전송했다. 다행히 아무 문제도 없어 보였다. 그저 잠을 자고 있을 뿐이었다.

"그렇다면 사미라는 어디 있는 거예요?"

사미라 엄마가 힘없이 식탁 의자에 주저앉았다. 눈에 눈물이 그렁그렁 고여 있었다.

"경찰이 와서 데려갔어."

"경찰이요?"

"사미라를 보호하기 위해서라고 하더구나."

마치 경찰이 사미라를 위험에서 구하기라도 한 것처럼 들렸다. 그러면서 내 친구를 체포한 것이다.

"경찰이 사미라를 데려간 이유가 뭐예요?"

사미라 엄마가 컵을 문지르며 대답했다.

"위생 유리창을 파손하는 건 보건법 위반이래."

그러고는 감정에 북받쳐 말을 잇지 못하다가 숨을 한번 크게 들이쉰 뒤 다시 말했다.

"그밖에 다른 법률들도 위반했다는구나. 위생 유리창은 안전실처럼 집 주인의 소유물이래. 그래서 경보가 울리자마자 경찰뿐만 아니라 관리 사무소 직원도 올라왔어."

"그럼 사미라를 어디로 데려갔어요?"

사미라네 부모님은 말없이 서로의 얼굴만 쳐다보았다. 사미라에게 안 좋은 일이라도 있었던 걸까? 그 애가 사람들의 손길을 뿌리치고 도망이라도 친 걸까?

나는 물을 한 모금 더 마셨다.

"동기 부여 아카데미로 데려갔어."

마침내 사미라 엄마가 입을 열었다.

"어디요? 무슨 아카데미라고요?"

사미라네 부모님은 더 이상 아무 말도 할 수 없을 만큼 정신적으로 지쳐 있었다. 이제껏 그런 아카데미에 대해 들어 본 적이 없었다. 컨트롤러로 '동기 부여 아카데미'를 검색해 보았다. 그러나 유의미한 결과가 하나도 없었다. 공식적인 설명글이나 영상, 사진 같은 것은 눈을 씻고 찾아봐도 없었다. 애시당초 존재하지 않는 게 아닐까?

내가 컨트롤러를 끄자 말없이 지켜보고 있던 사미라 아빠가 헛기침을 하고서 설명해 주었다.

"거기에는 아무것도 나오지 않아. 우리도 이미 찾아봤어."

"그렇다면 지금 사미라가 존재하지도 않는 곳에 갇혀 있다는 말씀이세요?"

사미라 아빠가 진지한 표정으로 말했다.

"경찰은 사미라가 건강한 것이 무엇인지를 배우는 장소에 있다고 하더구나."

나는 이해가 되지 않아 크게 한숨을 쉬었다. 그런 다음에 바닥에 무릎을 꿇고 앉아 위생 유리창 너머의 오스카를 바라보았다. 오스카는 그사이에 잠에서 깨어나 눈을 깜박이고 있었다. 나는 억지로 미소를 지어 보였지만, 바싹 마르고 갈라진 그 애의 입술은 옴짝달싹하지 않았다. 밝고 쾌활했던 오스카는 어디로 간 걸까? 그 앞에서 우는 모습을 보이고 싶지 않아 고개를 돌렸다.

사미라 엄마가 나를 에어록까지 바래다주었다.

"경찰은 내일이면 사미라를 방문할 수 있을 거라고 했어."

"주소도 없는데 어떻게 찾아가요?"

"그들이 우릴 직접 데려다줄 거래."

날이 이미 어두워진 뒤에야 집으로 돌아왔다. 에어록에서 나오는데 엄마 목소리가 들렸다. 웬일로 벌써 집에 와 있는 걸까?

엄마는 나를 보더니 자리에서 벌떡 일어나 내 방으로 들어가서 소리를 쳤다.

"나랑 얘기 좀 하자."

할머니는 창문 밖의 공원을 내려다보느라 나에게 별로 관심이 없었다. 연락을 하려 했지만 컨트롤러 스피커가 비활성화되어 있었다. 내가 들어오기 전까지 엄마와 무슨 얘기를 나눈 걸까?

"꾸물거리지 말고 빨리 들어와 봐."

엄마가 재촉했다. 나는 침대 위에 앉아 있는 엄마 앞에 가서 팔짱을 끼고 섰다. 길게 대화하고 싶은 마음이 없다는 티를 팍팍 냈다. 엄마가 말을 꺼내기 전에 먼저 궁금한 것부터 물었다.

"동기 부여 아카데미가 뭐 하는 곳이에요?"

"사미라가 안전하게 머물 수 있는 곳이지."

엄마의 대답에는 도움이 될 만한 정보가 조금도 들어 있지 않았다.

"누구나 건강한 게 무엇인지 확실하게 배워야 해. 그래서 그런 곳이 있는 거고."

엄마가 컨트롤러를 들여다보며 말했다. 우리가 대화를 나누는 동안에도 자꾸만 컨트롤러에 신경 쓰는 엄마의 모습이 정말이지 마음에 들지 않았다. 마치 컨트롤러에 있는 원고를 보며 읽는 것 같다는 느낌을 주었기 때문이다.

"걱정 마. 사미라는 잘 있으니까."

"그런데 갑자기 무슨 이야기를 하자는 거예요?"

내가 삐딱하게 말하자 엄마의 이맛살이 구겨졌다.

"사미라네 부모님이 뭐라고 하시던?"

"그러니까 지금 저한테 뭔가를 캐내시려는 거네요?"

"그분들은 네 공식 접촉인의 부모니까."

"맞아요. 그게 엄마랑 무슨 상관이에요? 아무 상관 없잖아요!"

"네가 걱정돼서 이러는 거야."

엄마는 고개를 저으며 방에서 나갔다.

나는 침대에 누워 엄마가 한 말을 찬찬히 곱씹었다. 어쩐지 진심이 아니라는 생각이 들었다. 그저 엄마가 하는 일 때문에 그렇게 전전긍긍하는 것이다. 그렇다고 내가 엄마의 직업과 구미에 딱 맞는 친구를 만나야 한다는 법은 없으니까!

시간이 얼마나 흘렀을까? 밤이 꽤 깊은 듯했다. 에어록이 열리는 소리가 났다. 토코와 파티에서 만났다가 헤어진 지 반나절밖에 지나지 않았는데 그 애가 너무나 보고 싶었다. 누군가에게 모든 걸 속 시원히 털어놓고 싶었다.

나는 토코를 보자마자 인사도 제대로 하지 않고 가슴속에 있던 말들을 다짜고짜 쏟아 냈다.

"경찰이 사미라를 데려갔어!"

"뭐라고?"

내가 모든 것을 이야기하고 울기 시작하자 토코가 나를 안아 주었다.

나는 그 애의 어깨에 머리를 기댔다.

"오스카와 사미라가 미쳐 가고 있어."

토코가 고개를 끄덕였다.

"그 애들한테는 클린랜드가 맞지 않아."

머릿속에 오직 하나의 생각만이 떠올랐다. 설사 정신 나간 생각이라 할지라도 토코와 공유하고 싶었다.

"어쩌면 클린랜드는 우리 두 사람에게도 잘못된 곳일지 몰라."

토코는 내 말을 무척 신중하게 받아들였다.

"이곳을 벗어나고 싶어?"

"너는 어떤데? 너도 나랑 같이 갈래?"

"나는 클리너야. 너랑 달리 나는 잃을 게 별로 없어."

우리는 파티에서처럼 서로를 꼭 껴안고 있었다. 음악 대신 그 애의 숨소리가 들렸고, 덕분에 마음이 진정되었다. 하지만 갑자기 가슴이 덜컥 내려앉았다. 바이저 쓰는 걸 깜빡했기 때문이다. 나는 서둘러 토코에게서 떨어졌다.

"미안, 내 바이저!"

바이저를 착용하고 왔지만 달콤한 순간은 이미 지나가 버린 뒤였다. 우리는 2미터가량 떨어진 채 안전거리를 유지했다.

"괜찮아. 너 대신 내가 착용하고 있잖아."

토코가 씩 웃으며 말을 이었다.

"그리고 클린랜드 밖에서는 누구도 그런 장비를 24시간 내내 착용해야 한다고 생각하지 않아."

맞다. 내가 또 당황한 나머지 공연히 소란을 피운 것이다. 왜 나는 사미라처럼 좀 더 여유로워질 수 없는 걸까? 하지만 사미라처럼 행동했다면 나도 동기 부여 아카데미에 가 있을지 모른다.

동기 부여 아카데미

다음 날, 사미라네 부모님에게 계속 연락했지만 저녁때가 되어서야 간신히 연락이 닿았다. 동기 부여 아카데미에 이렇게 오랫동안 있다 오신 걸까? 그곳은 방문객이 온종일 머물 수 있나? 그렇다면 생각보다 그렇게 끔찍한 곳은 아닐 수도 있었다. 하지만 왜 장소에 대한 정보를 어디에서도 찾을 수 없는 걸까?

"잘 다녀오셨어요? 사미라는 어때요?"

"사미라는 잘 지내고 있어."

사미라 아빠는 더 이상 말이 없었다. 또 다른 이야기도 들려줄 거라 생각했지만 침묵만 흘렀다.

"아카데미가 대체 뭐하는 곳이에요? 사미라는 그곳에서 종일 뭘 하고 있어요?"

"잘 지내고 있어."

아까와 똑같은 대답이었다. 그러더니 내가 뭐라고 더 물어보기도 전에 연결을 끊었다. 다시 전화를 걸자 이번에는 사미라 엄마가 컨트롤러 화면에 나타났다.

"사미라가 모든 규칙을 준수한다면 언제든지 집으로 돌아올 수 있을 거래."

사미라 엄마는 목소리가 많이 잠겨 있었다.

"모든 규칙을 준수한다고요?"

또다시 연결이 끊기고 말았다.

'모든 규칙을 준수'해야 한다는 것은 오스카 때도 똑같이 들은 말이었다. 그렇지만 오스카는 몇 달 후에나 안전실에서 나올 수 있을 것이다. 물론 지금은 그것조차 확실하지 않지만. 사미라가 정말로 잘 지내고 있는지, 그곳이 어떤 장소인지 알고 싶었다.

나는 곧장 엄마에게 전화를 걸었다.

"쉴로! 왜? 할머니에게 혹시 무슨 일이라도 생겼니?"

지난번 소금 사건 이후로 엄마는 할머니와 관련해 최악의 상황부터 떠올리는 버릇이 생겼다. 그래서인지 갑자기 연락하면 불안해했다.

"그게 아니라 사미라 때문에 연락한 거예요. 아무래도 사미라를 한번 만나 봐야 할 것 같아요."

"사미라를 방문하겠다고?"

엄마도 사미라 부모님처럼 연락을 종료할 줄 알았는데, 의외로 잠시만 기다리라고 했다. 전화 대기 상태가 되면서 조용한 음악이 들려왔다. 몇 분이나 지났지만 아무 말이 없어서 전화를 끊으려는데, 엄마 목소리가 다시 들렸다.

"엄마 동료가 도와주겠대."

"R21이요?"

엄마는 그 질문에 대답하지 않았다.

"하지만 방문은 5일 후에나 가능해. 그 전에는 절대로 안 된대. 그리고 사미라를 만나면 꼭 이야기해 줘. 좀 더 자제하고 집중해서 보건법을 준수하고 규칙을 따라야 한다고. 물론 그렇게 하는 게 쉽지는 않겠지만 말야."

사미라가 좀 더 자제하고 집중해야 한다고? 물론 그렇게 할 수 있을 거다. 하지만 얼마나 오랫동안 그래야만 하는 걸까? 평생을 그런 척하며 살 수는 없는 것 아닐까? 오스카는 말할 것도 없고 사미라도 마찬가지였다.

"네 친구에게 부과된 조치를 인정하고 받아들이라고 말해 줘. 그럼 다 괜찮아질 거야."

그 말은 퍽 논리적이었다. 사미라는 원래 그런 조언에 꽤나 마음이 열려 있는 편이었다. 하지만 지금은 청결부 직원의 말만큼이나 내 말도 들으려 하지 않을 것이다. 그 애에게는 자신만의 생각이 있고, 현재로서는 자기 남동생에 대한 걱정으로 가득 차 있을 테니까.

"어때? 할 수 있겠어?"

"그럼요."

나는 일부러 흔쾌히 대답했다. 거짓말이었지만 달리 선택의 여지가 없었다.

"그럼 5일 후에 사미라를 방문할 거지?"

"네."

대화가 끝나자마자 침을 꿀꺽 삼켰다. 엄마는 나에게 호의를 베푸는 게 아니라, 자신에게 부여된 임무를 수행하고 있었다. 사미라가 보건법을 지키지 않으니까, 딸을 시켜 그 애를 회유하라는 지시 사항을 실행에 옮기고 있는 것이다.

물론 나도 사미라가 다시 집으로 돌아오기를 진심으로 원했다. 그렇다고 청결부의 하수인이 되고 싶지는 않았다. 이제 뭘 어떻게 하면 좋을까? 사미라에게 도움이 되는 것은 무엇일까? 무엇이 나를 진정으로 행복하게 해 줄까? 아무리 생각해도 단 한 가지밖에 없었다. 사미라의 얼굴을 보는 것.

정확히 5일 후, 사미라를 보러 가는 날이 밝았다. 할머니와 함께 아침 식사를 하는데 엄마가 두 번이나 전화를 걸어와 똑같은 당부를 했다.

"사미라가 자신에게 주어진 조치들을 인정하고 준수한다면 모든 일이 잘될 거야. 그러니 그 점을 잘 설명해 줘."

식사를 마치고 아파트 입구로 내려가 대기하고 있던 경찰들을 만났다. 그들은 무장도 하지 않은 데다 일반적인 프로텍터를 입고 있었다. 그들 중 한 사람이 나에게 컨트롤러를 내밀었다. 내 컨트롤러로 화면에 비친 코드를 스캔해 그들의 신원을 확인했다. 진짜 경찰이었다.

우리는 말없이 버스로 향했다. 그들이 무기를 소지하거나 파란색 프로텍터를 입고 있지 않았어도, 왠지 체포된 듯한 느낌이 드는 것은 피할 수가 없었다. 이층 버스는 짙은 파란색이었고, 유리창도 검게 코팅되어 있었다. 버스 안에 날 위한 칸막이 좌석도 마련되어 있었다.

이 버스에는 나 같은 방문객만 타는 걸까? 아니면 아카데미에 머물러야 하는 사미라 같은 사람들도 타고 있을까? 대체 어떤 사람들이 그곳으로 가는 걸까? 보건법을 자주 위반하는 사람들은 누구나 다 그리로 끌려가는 것일까? 의문이 꼬리에 꼬리를 물고 끝도 없이 이어졌다.

사실 사미라는 딱 한 번 보건법을 위반했을 뿐이다. 백번 양보해서 안전실을 훼손한 행위가 제법 심각한 범법 행위일 수는 있었다. 종종 밤의 치유자를 먹지 않았지만, 그것이 경찰에게 체포되거나 아카데미라는 곳에 끌려가야 할 정도의 이유는 될 수 없을 터였다.

이윽고 버스가 고속도로 위를 달리기 시작했다. 처음 지나는 곳이라 어디쯤인지 알 수 없었다. 지평선 위로 회색빛 아파트 단지가 보였는데, 언뜻 보기에도 무척이나 규모가 커 보였다. 토코가 사는 곳일까? 좀 더 살펴보려는데 차창이 검게 변하면서 그 위에 청결부 로고가 나타나더니 다음과 같은 글씨가 보였다.

동기 부여 아카데미에 오신 것을 환영합니다.

서서히 글씨가 사라지자 이번엔 청결부 직원의 홀로그램이 나타났다. 차라리 고속도로 위의 풍경을 보고 싶었지만 선택권이 없었다. 직원은 내가 명심해야 할 사항들을 장황하게 설명했다. 방문 시간은 15분으로 제한되어 있으며, 방문 중에 보고 들은 것을 다른 사람들에게 이야기하거나 언론에 제보하는 것은 금지되어 있었다. 또 버스를 타고 가는 길이나 이제 곧 보게 될 장소에 대해 설명해서도 안 되었다. 이는 처벌받을 수 있는 행위로, 이와 관련된 글이나 인터뷰는 발견되는 즉시 삭제된다고 했다.

남자가 환하게 웃는 얼굴로 말을 이었다.

"만일의 사태에 대비해 당신을 보호하기 위해서 지금부터 컨트롤러를 비활성화할 것입니다."

컨트롤러가 전파 방해 장치를 사용했을 때처럼 까맣게 죽었다.

남자가 마지막으로 한마디 덧붙였다.

"동기 부여 아카데미는 훌륭한 장소입니다. 아울러 기회가 가득한 곳입니다."

다시금 청결부 로고가 나타났다. 로고 아래에 다음과 같은 문구가 붙어 있었다.

동기 부여 아카데미에서는 건강한 것이 무엇인지 누구나 배울 수 있습니다.

잠시 후 버스가 멈춰 섰다. 칸막이 출입구가 열리자 파란색 프로텍터를 입은 경찰이 나를 안내했다. 우리는 함께 버스에서 내렸다. 지하 주차장이 보였는데, 좌우에 수십 대가 넘는 버스들이 줄지어 서 있었다.

회전문을 통과하자 에어록이 나왔다. 나는 그 안으로 들어가 두 팔을 위로 올리고 다리를 약간 벌린 채 서 있었다. 검색 장치가 내 몸을 한 바퀴 돌더니 이내 초록불이 반짝였다.

"좋습니다. 아무 이상 없네요."

경찰이 자신을 따라오라며 손짓했다.

연달아 두 개의 에어록을 더 통과해야 했다. 버스에서 내린 다른 사람들을 보지 못한 걸 보면, 한 사람씩 차례로 이곳을 지나가는 듯했다.

"다 왔습니다."

경찰이 대기실이라고 안내판이 붙어 있는 입구를 가리켰다. 문이 열리고 이번에는 한 아줌마가 나를 맞이했다. 그녀는 미소 띤 얼굴로 들어오라고 눈짓하고는 비어 있는 벤치를 가리켰다. 그곳에 약 스무 명가량의 사람들이 앉아서 기다리고 있었다. 밖에 서 있는 버스는 그보다 훨씬 더 많았는데, 다른 사람들은 모두 어디에 있는 걸까? 아무래도 이런 대기실이 여러 군데 있는 게 분명했다.

"오래 기다려야 하나요?"

"아무래도 그래야 할 것 같네요."

아줌마가 눈썹을 찡긋하며 대답했다.

그렇게 앉아서 한참을 기다리며 지루해하는 와중에도 사람들이 계속 오갔다. 15분마다 이름이 불리면 누군가가 일어나 '방문객의 방'이라고 적힌 문 안으로 들어갔다. 기다리는 시간이 영원처럼 느껴졌다. 출구는 다른 곳에 있는 듯했다. 문 안으로 들어간 사람 중 어느 누구도 돌아오지 않았기 때문이다.

벽에 붙은 스크린에서는 똑같은 영상이 반복해서 나왔다. 가정 학습이 시작되기 전에 실행되는 것 같은 보건 수칙에 관한 짧은 광고가 나온 뒤, 이곳에서 지켜야 할 규칙에 대한 안내가 이어졌다. 아까 버스 안에서 본 영상이었다.

곧이어 내 이름이 불려서 깜짝 놀랐다. 그새 깜빡 잠이 들었던 모양이다. 하기야 밤에 잠을 제대로 자지 못했으니……. 방문객의 방 문이 열려 안으로 들어섰다. 그런데 방이 아니라 긴 복도가 뻗어 있었다. 좌우에 붙은 유리창은 짙은 색으로 코팅되어 있어 아무것도 보이지 않았다. 파란색 프로텍터를 입은 직원이 나를 맞이했다.

안내에 따라 걸어가고 있는데, 어느 순간 직원이 멈춰 섰다. 컨트롤러를 터치하자 유리창이 수정처럼 맑고 투명하게 변했다. 그리고 그 너머로 방 하나가 보였다. 의자와 테이블이 유리창 바로 앞에 놓여 있었다.

천장의 한쪽 구석에는 카메라가 설치되어 있었다. 카메라는 방탄유리로 만들어진 두꺼운 유리 상자 뒤에서 깜빡이고 있었다. 환기 장치는 천장의 격자 창살 뒤에 있었다.

침대는 방의 다른 쪽 끝에 있었지만, 사미라의 모습은 어디에서도 찾아볼 수 없었다. 지금 이곳으로 오는 중인가? 한참을 기다려도 아무 일이 일어나지 않았다. 대체 어떤 식으로 면회가 이루어지는 걸까? 이곳은 일종의 안전실 같은 곳인가?

"면회 시간은 15분입니다."

"알아요."

직원의 말에 가능한 한 침착하게 대꾸했다. 그런데 왜 아직도 사미라를 데려오지 않는 걸까? 직원은 내 옆에 바짝 붙어 한 발짝도 비켜서지 않았다. 이렇게 하면 안전거리 유지가 안 될 텐데? 그가 내 불안한 표정을 눈치챈 듯했다.

"죄송하지만 이게 이곳의 규칙입니다."

그 말이 사실인지는 알 수 없었다. 어쩌면 보안을 위해서거나, 아니면 무료한 나머지 몇 가지 규칙을 추가했는지도 모른다.

"사미라는 어디에 있어요?"

그가 고개를 끄덕여 안쪽 공간을 가리켰다. 다시 침대 쪽을 자세히 살펴보았다. 사미라는 침대 위에 누워 있지 않았다. 담요로 몸을 둘둘 감싼 채 침대 아래의 바닥에 누워 있었다.

"사미라!"

내가 이름을 불렀지만 사미라는 꼼짝도 하지 않았다. 그때 옆에 서 있던 직원이 창문의 한 지점을 가리켰다. 그곳에는 사미라의 신체 정보가 나와 있었다. 건강 상태는 정상이었다. 또 사미라의 이름과 주소, 지난 6개월 동안의 이동 정보도 확인할 수 있었다. 우리가 함께했던 장소들, 조깅을 하며 달렸던 공원들, 시험을 보러 갔던 학교 기지가 표시되어 있었다.

그 애의 인적 사항을 계속해서 확인했다. 사회 보건국에 공식적으로 등록된 접촉인 항목에 내 이름과 주소, 나이 등도 적혀 있었다. 그리고 맨 아래쪽에 다음과 같은 메모가 있었다.

조치 이유 : 반사회적 행동, 보건법 위반.

조치 종료일 : 미정.

미정이라고? 사미라 부모님은 격리 기간이 길지 않을 거라고 했는데……. 다리에 힘이 풀렸다. 나는 쓰러지지 않기 위해 유리창에 몸을 기댔다. 몸이 많이 쇠약해진 것 같았다. 수면 부족에다가 이곳에서 보고 들은 모든 것이 너무나 충격적이라 기력이 소진되었다. 하지만 사미라에게는 내가 필요했다. 나는 유리창에 있는 '연결' 버튼을 눌렀다.

그러나 아무 일도 일어나지 않았다. 도움을 청하기 위해 직원을 보았는데, 컨트롤러로 게임을 하고 있었다.

"하루 종일 잠만 자나요?"

직원이 쳐다보지도 않고 대답했다.

"여기에 와 있는 사람들은 모두가 무척 피곤해합니다. 곧 연결 시도를 알아차릴 것입니다."

정신을 바짝 차리고 잠자코 기다렸다. 사미라가 저렇게까지 지쳐 있는 이유를 알 것 같았다. 이곳에는 밤의 치유자만 있는 게 아니었다. 오스카와 사미라처럼 말을 고분고분하게 듣지 않는 사람들, 또는 반항하는 사람들을 위해 낮의 치유자도 준비되어 있을 것이다. 아무래도 이 복도는 정도가 심각한 사람들을 위한 장소일지도 모른다는 생각이 들었다. 이곳의 모든 것이 일반적인 아카데미와는 전혀 관련이 없어 보였기 때문이다.

영원처럼 길게만 느껴지는 1분이 지나가자 마침내 담요가 꾸물꾸물 움직였다. 사미라가 몸을 굴려 침대 프레임 아래에서 빠져나오더니 몸을 일으켜 앉았다. 그런 다음에 눈을 비비며 하품을 한 뒤 고개를 축 늘어뜨렸다. 눈을 떠 공간을 둘러보기까지 또다시 1분 정도가 흘러갔다.

사미라는 지금 자기가 어디에 있는지, 왜 집이 아닌지 생각하고 있는 듯했다. 이 방에는 바깥 풍경을 볼 수 있는 창문이랄 게 하나도 없었고, 복도와 접해 있는 자리에 면회를 위한 커다란 유리창만 있을 뿐이었다. 마침내 사미라가 나를 발견했다.

사미라는 침대 가장자리에 기대어 간신히 몸을 일으키더니 천천히 다가왔다. 유리창을 붙잡고도 비틀거리며 서 있었다. 손으로 유리창을 닦더니 얼굴을 바짝 들이댔다. 우리는 아무 말 없이 서로를 바라보기만 했다. 목이 메어 머릿속이 하얗게 텅 비어 버렸다. 나도 유리창에 얼굴을 대고 눈을 감았다.

"그렇게 가까이 있으면 안 됩니다. 시간은 8분 남았습니다."

직원이 사무적으로 말했다.

사미라네 부모님이나 우리 엄마가 나에게 무엇을 기대하든 이제는 아무 상관 없었다. 대체 무슨 말을 해야 할까? 적극적으로 협력하면 모든 게 다 괜찮아질 거라고? 지금 사미라는 약 때문에 무기력해진 좀비나 다름없었다.

"오스카도 이제 곧 이해하게 될 거야."

사미라가 아주 천천히 말했다. 나는 놀라서 눈을 부릅뜨고 물었다.

"이해한다니, 뭘? 대체 무슨 소리를 하는 거야?"

"나는 그 애가 잘해 낼 수 있도록 도와주는 거야."

"뭘 해내는데?"

"청결해지는 법, 규칙을 준수하는 법……, 그런 것들을."

눈물이 솟구치는 것을 애써 참으며 다시 물었다.

"그런 비슷한 것들을 잘해 낼 수 있도록 돕는 거라고?"

"청결만이 우리를 보호한다."

사미라가 힘겹게 말했다. 굵은 눈물이 볼 위로 주르륵 흘러내렸다.

"건강이……."

사미라가 테이블 위에 앉으며 말을 이었다.

"자유보다 더 소중하다. 다섯 번째 법칙."

그때 안전실 안의 스피커에서 아주 큰 목소리가 들렸다.

"내려와! 테이블에 앉으면 안 돼!"

그러자 사미라가 일어나 의자에 앉았다. 그러자 스피커에서 또다시 음성이 흘러나왔다. 처음처럼 엄하게 들리진 않았다.

"청결만이 우리를 보호한다. 첫 번째 법칙. 따라 해!"

사미라가 고개를 끄덕이고 떨면서 분명한 목소리로 말했다.

"청결만이 우리를 보호한다. 첫 번째 법칙."

그 순간, 버스와 대기실에서 보았던 광고인지 안내인지 하는 영상이 떠올랐다.

엄마가 뭐라고 했더라? 사미라가 부과된 조치를 인정하고 받아들이도록 설득해야 한다고? 사미라는 주는 대로 약을 삼키고, 로봇처럼 보건 수칙을 반복해서 외웠다. 이미 시키는 대로 모든 것을 하고 있는데, 또 무엇을 더 해야 한다는 건지 모르겠다.

사미라는 아무 말이 없었다. 나도 입을 꾹 다물었다. 아무 말도 할 수가 없었다. 그 애가 여기에서 겪고 있는 것들에 비하면 다른 것들은 아무것도 중요하지 않았다.

"4분 남았습니다."

컨트롤러 화면에서 화려하게 빛나는 우주선들을 들여다보며 직원이 무심하게 말했다. 그나마 게임 소리를 죽여 놓은 것을 배려라고 해야 할까?

사미라는 직원의 존재를 이제야 막 알아챈 것처럼 깜짝 놀라더니 대뜸 이렇게 말했다.

"나는 좋은 누나가 될 거야."

직원은 아무 반응도 보이지 않았다.

"나는 착한 누나야. 내 말 들려요?"

"사미라!"

내가 이름을 부르자 사미라가 고개를 돌려 다시 나를 바라보았다. 처음으로 그 애가 나를 알아본 것 같다는 느낌이 들었다.

"쉴로! 너는 절대로 나를 여기에서 빼낼 수 없을 거야."

무심하게 서 있던 직원이 게임을 끄며 중얼거렸다.

"이건 또 무슨 소리지?"

사미라가 다시 한번 소리를 질렀다.

"절대! 알겠어?"

직원이 창가 쪽으로 다가가며 말했다.

"면회는 이제 끝났습니다."

"절대로!"

사미라가 외쳤다.

이내 유리창의 색깔이 다시 진해졌다. 그래도 사미라의 윤곽은 여전히 보였다. 그 애가 계속 소리쳤다.

"절대로! 너는 나를 여기에서 빼낼 수 없을 거야!"

스피커가 꺼졌는지 목소리가 들리지는 않았지만 입 모양만큼은 분명히 볼 수 있었다. 유리창 전체가 까맣게 변할 때까지.

직원이 고개를 절레절레 저으며 문을 가리켰다. 그 위에 출구라고 적혀 있었다.

"걱정하지 마세요. 우리가 당신의 친구를 잘 돌봐 줄 것입니다."

직원은 뒤에서 걸어오고 있어서 내가 몸을 부르르 떨며 우는 걸 보지 못했다. 그가 다시 차분하게 말했다.

"당신의 친구는 곧 안정을 되찾을 것입니다."

그는 형형색색의 우주선이 날아다니는 자신의 게임만 알고 있을 뿐 나와 사미라 사이의 게임은 알지 못했다. 사미라가 지금 같은 상황에서 '절대로'를 부르짖었다면, 그 말에는 오직 한 가지 의미만이 담겨 있는 것이다.

'진심으로 여기서 벗어나고 싶어! 가능한 한 빨리!'

금지된 만남

집으로 돌아갈 때도 버스의 칸막이 칸에 앉아 갔다. 검은색 창에 청결부 로고가 뜨더니 올 때 보았던 남자가 다시 등장해 말했다.

"동기 부여 아카데미를 방문해 주셔서 감사합니다."

그 후로 이동하는 내내 창에는 똑같은 문구만 떠 있었다.

동기 부여 아카데미에서는 건강한 것이 무엇인지 누구나 배울 수 있습니다.

어느 시점에선가 그 주문 같은 글씨가 사라지고 창밖으로 풍경이 내다보였다. 뒤편으로 회색 아파트 단지가 보였고, 앞에는 유리벽으로 둘러싸인 고층 빌딩들이 늘어선 도심이 보였다. 컨트롤러가 활성화되어 작동하기 시작했다.

아파트 앞에 다다라 버스에서 내린 뒤 곧장 지하철을 타고 사미라네 집으로 갔다. 30분 후, 나는 사미라 부모님의 사무 박스 앞에 서 있었다. 아카데미에 대해 길게 이야기할 필요는 없었다.

"사미라는 가능한 한 빨리 그곳에서 나오고 싶어 해요."

사미라 부모님이 눈물을 흘렸다. 나도 터져 나오는 울음을 참기가 어려웠다. 그러나 운다고 해서 사미라를 도울 수 있는 건 아니었다.

"나오고 싶다고? 하지만 어떻게? 어디로?"

사미라 아빠가 울먹이며 물었다.

나는 토코와 나누었던 이야기를 전했다. 사실 처음에 토코와 그 이야기를 할 때만 해도 도망친다는 말의 의미를 그렇게 진지하게 생각하지 않았다. 그러나 오늘 동기 부여 아카데미를 보고 온 직후부터 내 마음은 확실히 바뀌었다.

사미라 엄마가 나를 꼭 안아 주었다. 몸에 힘이 들어가며 긴장이 되었다. 사미라와 토코 외에 이렇게 몸을 맞대며 접촉한 사람이 없기 때문이다. 엄마와도 포옹을 하지 않은 지 몇 년이 되었다. 그래서 누군가와 가까이 있는 상황 자체가 무척이나 어색하고 불편했다. 사미라 엄마가 눈치챘는지 나를 품에서 놓아주었다.

"곧 시험도 치러야 하잖아. 이번 시험은 아주 중요하니까, 얼른 집에 가서 쉬어."

사미라 엄마가 화제를 돌렸다. 하지만 그렇게 간단한 문제가 아니다. 시험을 앞두고 있는 건 사미라도 마찬가지였으니까.

나는 짐짓 나직이 말했다.

"사미라도 시험을 쳐야죠."

아카데미에서 시험을 칠 수 있다 할지라도, 사미라는 현재 시험을 볼 수 있는 상태가 아니었다. 똑바로 서 있는 것조차 힘들어하는데, 어떻게 그 복잡한 문제를 풀 수 있겠는가.

사미라 부모님이 저녁을 먹고 가라고 했지만 정중히 사양했다. 오스카만 잠깐 보고 갈 생각이었다.

"오스카에게 가 봐도 될까요?"

"그럼, 너는 우리 가족이나 마찬가지인데. 오스카를 보면 아마 깜짝 놀랄 거야."

사미라 아빠가 애써 웃으며 대답했다.

주방으로 가서 위생 유리창 쪽으로 다가갔다. 오스카는 침대 위에서 책상다리를 하고 앉아 있다가 나를 보고 벌떡 일어났다.

"쉴로 누나!"

반가운 듯이 부르고는 탁자 위에서 컵을 가져와 안에 든 뭔가를 꿀꺽꿀꺽 마셨다. 내가 환하게 웃자 오스카도 미소를 지었다. 지난 며칠 동안 무슨 일이 있었던 걸까? 그 애는 완전히 다른 사람이 된 것처럼 행동했다.

"네가 뭐라도 마시는 걸 보니 정말 좋아. 마음도 놓이고."

오스카가 테이블 앞에 앉더니 나를 향해 컵을 내밀며 건배하는 시늉을 했다.

"나는 강해져야만 해."

그러고는 건강한 식단의 빈 봉지를 보여 주었다. 내용물이 없는 걸 보니 정말로 밥을 먹은 듯했다. 오스카와 짧게 몇 마디 더 나눈 뒤 작별 인사를 하며 유리창에 손바닥을 갖다 댔다. 오스카도 맞은편에서 자신의 손을 맞대어 올렸다.

사미라 부모님이 복도에서 나를 기다리고 있었다.

"오스카의 상태가 아주 좋아 보여요."

"응, 그 애는 강해지고 싶어 해."

사미라 아빠가 조심스럽게 말했다. 그런데 어딘가 몹시 불안해 보였다. 오스카가 다시 먹고 마시기 시작했다는 건 분명 반가운 소식인데.

"오스카가 저한테도 그렇게 말했어요."

"왜 강해지려 하는지 그 이유도 말해 줬어?"

"아니요."

사미라 아빠가 속삭이듯이 나직하게 말했다.

"오스카는 사미라를 그곳에서 구해 내고 싶어 해."

나는 그 말을 믿을 수가 없었다.

"오스카가 정말로 그렇게 말했어요?"

"그 앤 지금 그 말 말고 다른 얘기는 전혀 하지 않아."

사미라 아빠가 컨트롤러를 터치하더니 청결부에서 보낸 메시지를 전달해 주었다. 오스카가 안전실에 머물러야 하는 기간이 변경되었다. 며칠이나 몇 개월이라는 정확한 수치 대신 다른 글자가 찍혀 있었다. 나와 사미라 사이를 가로막고 있던 커다란 유리창에 떠올라 있던 그 글자를 다시 보게 되다니…….

조치 종료일 : 미정

집으로 돌아가서 맥없이 쓰러져 잤다. 그러고는 한밤중에 소스라치게 놀라며 잠에서 깼다. 토코가 침대 옆 바닥에 앉아 나를 바라보고 있었다. 나와 눈이 마주치자 씩 웃으며 팔을 토닥였다. 나는 밤의 치유자도 없이 잠들었던 것이다. 아카데미 방문과 사미라 부모님을 만난 것 모두 감당할 수 없을 만큼 힘들었다.

"청소하는 거 도와줄게."

그러기에는 이미 너무 늦었다는 것을 깨달았다. 방바닥이 안티셉트 보호 필름으로 반짝거렸다.

"왜 나를 깨우지 않았어?"

"너의 건강 지수가 좋아 보이지 않아서. 지금은 그 무엇보다 충분한 수면이 필요해."

토코의 말에 반박할 수 없었다. 나는 지칠 대로 지쳐 있었고, 어서 다시 잠들고만 싶었다. 그러나 토코가 있으니까 지금은 잠잘 때가 아니었다.

"시간이 얼마나 남았어?"

토코가 컨트롤러를 들여다보았다.

"2분 뒤에는 에어록을 통과해서 다음 집으로 가야 해."

그 말이 어찌나 슬프고 절망적이던지. 2분 안에 아카데미를 방문해 사미라를 만난 것에 대해 모두 설명하는 것은 불가능했다. 그래서 단도직입적으로 중요한 질문부터 던졌다.

"우리, 언제 떠날 거야?"

"시크랜드로 말이야?"

토코가 갑자기 목소리를 낮추며 되물었다.

"응, 사미라와 오스카도 함께 갈 거야."

토코가 나를 가만히 응시했다.

"쉴로, 정말로 그렇게 하고 싶어?"

나는 토코의 손을 꽉 잡았다.

"응, 너는 어때? 여기에 있는 모든 것을 포기할 수 있어?"

토코가 살균 소독기를 가리키며 대답했다.

"아마도 이놈은 무지하게 그리울 거야."

흥분되고 긴장된 상황임에도 피식 웃음이 터져 나왔다. 그러나 토코의 얼굴에는 웃음기가 없었다.

"그곳에서 아프기라도 하면 어떡해?"

"그럼 그냥 앓아야지. 하지만 클린랜드에 있는 한 우리에게는 미래가 없어. 상황이 이 모양인데 안전이고 뭐고 다 무슨 소용이야?"

그때 토코의 컨트롤러에 불이 들어왔다. 이제 다른 집으로 건너갈 시각이었다. 나는 잡고 있던 그 애의 손을 아쉬워하며 놓았다.

그로부터 일주일 내내, 우리는 밤마다 토론을 벌였다. 내 마음은 이미 확고했다. 이곳을 벗어나고 싶었고, 어떤 위험이라도 감수할 자신이 있었다. 그에 반해 토코는 회의적이었다. 위험 요소가 너무 크다고 생각했다. 그러나 이곳에서 달아나지 않는다면 우리 사이도 끝이 날 거라는 걸 인정할 수밖에 없었다. 언제까지고 밤에만 몇 분씩 만나서 관계를 유지할 수는 없을 테니까. 우리의 금지된 만남은 결국 들통나고 말 것이다.

일주일 후, 우리는 더 이상 그 문제에 대해 논쟁을 벌이지 않았다. 토코가 나를 꼭 안아 주며 말했다.

"그들이 너에게 직접 연락할 거야."

"그들이라고?"

"전에 내가 장사꾼들에 대해 말한 적 있지?"

"전파 방해 장치를 판 사람들 말이야?"

"응, 그들이 우리를 도와줄 사람을 소개해 줄 거야."

며칠이 지났지만 누구에게도 연락이 오지 않았다. 우리의 요구가 말도 안 되는 것인 게 분명했다. 아니면 너무 위험하거나.

그사이에 우리는 내 수면 부족 상태를 들키지 않을 방법을 찾아냈다. 누구에게도 의심을 사서는 안 되니까. 나는 하루씩 걸러 밤의 치유자를 먹었다. 약을 먹지 않는 날 밤에는 토코를 도운 뒤 몇 분이나마 둘만의 시간을 가졌다. 우리는 미래가 어떤 모습일지 상상해 보았다. 클린랜드를 벗어난 곳에서 어떤 일이 기다리고 있을지 알 수 없었지만, 우리는 함께하고 싶었고 언젠가는 그렇게 되리라고 굳게 믿었다.

토코는 날 볼 때마다 사미라 상태를 물었다. 그럴 때면 사미라네 부모님에게 들은 이야기를 전해 주었다. 사실 그것도 동기 부여 아카데미가 부모님에게 전달한 제한된 내용에 불과했다. 사미라는 잘 먹고 푹 쉬면서 법을 준수하고 있다고 했다. 우리는 그 애가 실제로 어떤 모습으로 지내는지, 무엇을 생각하고 느끼는지 알지 못했다. 그런 상태로 그곳에서 얼마나 더 버텨 낼 수 있을지도. 사미라의 면회가 금지되어 있었기 때문이다. 면회 금지 사유는 '잘못된 행동' 때문이라고 했다.

"그럼 사미라의 남동생은 어떤데?"

토코가 물었다.

나는 하루에 한 번 오스카와 연락했다. 그 애는 사미라를 어떻게 하면 구해 낼 수 있을지 설명했다. 슈퍼히어로 만화 속에서나 나올 법한 허무맹랑한 이야기였다. 그 계획 속에는 오직 절망과 자포자기만 들어 있었지만, 오스카만 그렇게 생각하지 않는 듯했다.

현실의 진짜 오스카는 사미라를 도울 수 없었기에, 그 애는 가상의 슈퍼 오스카를 만들어 상상 속에서 모든 사람을 무찔렀다. 무기를 만들어 안전실을 부수고 나온 뒤 어디에 있는지조차 모르는 동기 부여 아카데미를 급습해 사미라를 구해 낼 계획을 세웠다. 나는 오스카의 이야기를 잠자코 듣기만 했다.

마지막 시험을 치르기 전날 밤, 밤의 치유자를 먹지 않고 토코를 기다렸다. 원래 약을 먹는 날이었지만 토코를 돕고 싶었다.

"이러다가 내일, 시험 보다 말고 잠이 들면 어떡해?"

"시험 보러 가고 싶지도 않아."

청소가 끝난 뒤, 우리는 방바닥에 앉아 서로의 손을 맞잡았다.

"쉴로, 왜 시험을 안 보겠다는 거야?"

"기분이 이상해. 내가 사미라를 배신하고 있는 것만 같고."

"내 생각은 좀 다른데……."

토코의 마지막 시험은 내일 오후에 치러질 예정이었다.

"그래? 어떻게 생각하는데?"

"넌 절대로 사미라를 배신하는 게 아니야. 그리고 사미라를 위해서라도 시험은 꼭 봐야 해."

나는 토코가 말하고자 하는 바를 이해했다. 오스카와 사미라가 감시받고 있으니, 공식 접촉인인 나에게 관심이 쏠리지 않도록 조심해야 한다는 뜻이었다. 나의 내면은 혼돈으로 가득 차 있었지만 모든 것이 괜찮은 척, 아무 문제 없는 척 행동해야만 했다.

일곱 시간 후, 학교 기지에 출석해 시험에 집중하려 애썼다. 테이블 위에서 깜박이는 시험 문제를 차례로 풀다가, 나도 모르게 문득 왼쪽 책상을 바라보았다. 텅 빈 사미라의 자리가 눈에 들어와 가슴이 쓰라렸다. 사미라 없이 혼자 학교 기지에서 시험을 치는 건 처음이었다.

시험이 끝난 뒤에도 안도감은커녕 어서 빨리 건물 밖으로 나가고 싶다는 마음뿐이었다. 집에 돌아오자마자 스포츠 프로텍터를 착용했다. 중앙 공원까지 조깅을 한 뒤 다른 코스를 하나 더 예약하려 했지만 빈 코스가 없었다. 가까이에 있는 다른 공원으로 달려갔다. 그 공원도 이미 예약이 다 차 있었다. 하지만 상관없었다. 어딘가에는 비어 있는 조깅 코스가 있을 테니까.

다행히 다음번에 찾아간 공원에서 운 좋게 조깅 코스를 예약했다. 새로운 고층 건물이 들어서는 공사 현장 바로 옆이라서 소음 때문에 인기가 없는 모양이었다. 공원 입구에 서 있던 경찰이 컨트롤러를 확인하지도 않고 나를 그냥 들여보내 주었다.

공사장 울타리를 따라 걸어가며 신체 정보를 확인했다. 건강 지수가 많이 내려가 있었다. 지난 몇 주 동안 건강한 식단의 비타민 음료, 홈 요가, 홈 킥복싱 또는 홈 농구 수업 등 컨트롤러에서 제공하는 거의 모든 제안을 거절한 탓이었다. 사미라가 있는 곳에는 바닥에 고정된 가구 외에 아무것도 없었던 게 자꾸만 생각났다.

길은 공사장 울타리 끝에서 작은 숲으로 이어졌다. 나보다 앞서 조깅하는 여자가 한 명 더 있었다. 컨트롤러로 거리를 가늠하며 천천히 달리기 시작했다. 조깅하는 동안에도 다른 사람과 안전거리를 유지해야만 했다.

사미라도 그곳에서 운동을 할까? 팔 굽혀 펴기나 윗몸 일으키기 같은 몇 가지 운동은 가능할 터였다. 그러나 불안한 심리적인 상태로 인해 운동을 하는 게 쉽지 않을 것이다. 작은 방 안에서 다람쥐 쳇바퀴 돌 듯이 달릴 수도 없는 노릇이었다. 사미라의 방에는 할머니가 지내는 안전실에서 본 것과 같은 운동 소도구 같은 것도 보이지 않았다. 잠깐이나마 중간중간 그 방에서 나갈 수 있기는 한 걸까?

컨트롤러가 내 뒤쪽으로 조깅하는 사람이 다가오고 있다는 걸 알려주었다. 그들은 상당히 빠른 속도로, 지나치게 가까이 다가오고 있었다. 이게 무슨 일이지? 나는 돌아서서 두 여자를 보고 계속해서 뒤로 달리며 거리를 확인했다. 이상하게도 컨트롤러에 아무것도 표시되지 않았다. 그들과의 거리도, 내 신체 정보도 없었다. 그 순간, 나는 컨트롤러 상으로는 전혀 존재하지 않는 사람, 죽은 사람이나 마찬가지였다.

갑자기 그들이 나를 잡으러 온 경찰일지도 모른다는 생각이 들었다. 그래서 아무도 찾지 않는 이 공원으로 나를 유인한 걸지도 모른다. 목격자가 많지 않은 곳을 찾아야 했던 걸까? 그렇다면 그냥 집으로 오는 게 더 간단했을 텐데…….

나는 뒤를 한 번 더 돌아보았다. 두 사람 다 나보다 열 살 정도는 많아 보였다. 경찰이 입는 파란색 프로텍터를 입지 않았지만 사복 차림일 터였다. 조금 더 속도를 내서 달렸다. 내 앞에서 조깅하던 여자는 어느새 사라져 보이지 않았다. 그녀도 저들과 한패거리인 걸까?

"쉴로!"

그때 뒤에서 달리던 여자가 내 이름을 불렀다.

나는 속도를 내어 빨리 달리기 시작했다. 이 풀밭만 지나면 공원 밖으로 빠져나갈 수 있을 것 같았다. 그러자 이번에는 다른 이름을 소리쳐 불렀다.

"토코!"

그 이름을 듣는 순간, 나는 어찌 된 영문인지 비로소 깨달았다.

시크랜드에서 온 사람들

자리에 멈춰 서서 무릎을 꿇고 앉아 숨을 골랐다. 뒤따라오던 여자 두 명이 내 옆에서 멈춰 섰다. 나는 거친 숨을 몰아쉬었다. 프로텍터가 살에 착 달라붙었고 바이저가 뿌얘졌다. 우리는 너무 가까이 붙어 있었다. 누군가 이 모습을 본다면 보건법 위반으로 신고를 할지도 몰랐다.

신고를 당하는 것은 상관없었지만, 지금은 쓸데없이 규정을 위반하면 안 될 듯했다. 나는 한 발 뒤로 물러나 컨트롤러를 확인했다. 여전히 먹통이어서 아무 경고도 나오지 않았다.

두 사람 중 한 명은 숲속으로 사라졌고, 다른 한 명은 호흡을 가다듬은 뒤 입을 열었다.

"토코가 우리에게 네 이야기를 해 줬어. 참, 내 이름은 엘리야."

엘리는 자신을 소개하면서 낯선 행동을 했다. 드라마나 시크랜드에 관한 보고서에서만 보았던 행위, 그러니까 손을 내밀어 악수를 청했던 것이다.

몇 달 전과 비교하면 보건 수칙을 훨씬 비판적으로 바라보는 게 사실이었지만, 그래도 낯선 사람의 손을 잡는 것은 꺼림칙했다. 그 사람의 병원균이 내 프로텍터에 달라붙을 테니까.

엘리는 손을 거두지 않고 5초 정도 가만히 내밀고 있었다. 나를 시험해 보려는 의도인 듯했다. 내가 정말로 계획을 실행에 옮기고 싶다면, 지금까지와는 완전히 다른 무언가를 보여 줘야만 했다. 그럴 만한 각오도 없다면 이곳에서 벗어날 수 없을 테니까.

내가 손을 맞잡자 엘리가 잡은 손에 살짝 힘을 주었다. 따뜻한 온기가 느껴졌다. 그녀가 맞잡은 손을 위아래로 살짝 움직였다. 그 순간, 마치 우리가 서로 연결된 것처럼 느껴졌다. 손이 서로의 몸을 연결하는 케이블 같았다.

엘리가 손을 놓으며 말했다.

"따라와!"

다시 컨트롤러를 확인했지만 아무것도 보이지 않았다. 엘리가 덧붙여 말했다.

"걱정하지 마. 너는 지금 예약한 코스를 따라서 계속 달려가고 있는 중이니까."

무슨 말인지 도무지 이해할 수 없었다. 토코가 주었던 전파 방해 장치라면 이미 그 원리를 이해했다. 데이터의 송수신을 일시적으로 차단하는 것으로, 동기 부여 아카데미에 갔을 때도 컨트롤러가 비활성화된 적이 있어서 그런 게 기술적으로 얼마든지 가능하다는 건 이제 충분히 받아들일 수 있었다. 하지만 실제로 나는 여기에 멈춰 서 있는데, 어떻게 내 위치 정보는 앞으로 달려 나간 것으로 전송된다는 걸까?

"그게 무슨 소리예요? 나는 지금 여기에 서 있잖아요."

"네 앞에서 조깅하던 사람 봤어?"

"네."

"우리 편이야. 그녀가 남은 시간 동안 네가 되어서 대신 달릴 거야."

"나를 대신해 조깅을 한다고요?"

"그래. 그녀의 컨트롤러가 네 것과 동기화되어서 마치 네 컨트롤러인 것처럼 작동하고 있거든. 너는 안전해. 그러니 아무 걱정 하지 마."

내가 '안전'하다고? 나는 태어날 때부터 컨트롤러를 착용해 왔고, 사람들로부터 컨트롤러가 있으니 안전하다는 말을 귀에 못이 박히도록 듣고 자랐다. 그런데 지금 엘리는 그와 정반대되는 주장을 했다. 컨트롤러가 작동하지 않아 안전하다고 말이다.

숲속으로 사라졌던 다른 여자가 나무 사이에서 우리를 불렀다.

"어서 이리로 와!"

나는 이들과 함께하며 굳이 위험을 감수하지 않아도 되었다. 지금 당장 집으로 돌아갈 수도 있었다. 그러고는 시험 결과를 기다리면 되는 것이다. 〈클린랜드의 수호자들〉 새 시즌이 곧 방영될 예정이었고, 할머니도 나와 이야기를 나누기 위해 집에서 기다리고 있었다. 토코와도 밤이 되면 잠시나마 만날 수 있다. 하지만 그렇게 지내려면 지난 몇 주 동안, 마치 아무 일도 일어나지 않았던 것처럼 생각하고 행동해야만 할 터였다. 물론 나는 그렇게 할 수 없었다. 그리고 이제는 토코와도 제대로 함께하고 싶었다.

나는 엘리를 따라 나무들 사이로 들어섰다. 나무뿌리에 걸려 넘어지지 않도록 조심하며 앞서가는 엘리를 뒤따라갔다. 프로텍터에 생긴 작은 균열로 공포에 벌벌 떤 게 그리 오래전 일도 아니었다. 덤불숲에서 프로텍터가 찢어지지 않도록 주의해야만 했다.

얼마나 걸었을까? 폭신한 이끼가 덮인 땅 대신 사방에 자갈이 깔린 공간이 나왔다. 앞에는 나무로 만든 구조물에 밧줄들이 매달려 있는 게 보였다. 덤불 속에서 부서진 넓적한 나무판을 보고서야 이곳이 한때 놀이터였음을 알아보았다. 놀이터는 팬데믹 이전까지만 해도 어디에나 존재했던 곳이다. 가정 학습을 통해 배운 적이 있었다.

당시 아이들은 이 좁은 공간에서 함께 어울려 놀았다. 이동식 살균소독 컨테이너 같은 것은 존재하지 않았고, 변변한 화장실도 없어서 나무 뒤에 잠시 숨어서 해결해야 했다. 아이들은 놀고 난 뒤에도 손을 씻을 수 없었다. 물론 더 좋은 놀이터도 있었지만, 골목 곳곳에 있는 간이 놀이터의 환경은 열악하기 그지없었다.

엘리는 기다란 나무 위에 자리를 잡고 앉았다. 나는 우리에게서 멀리 떨어진 나무 사이에 서 있는 다른 여자를 쳐다보았다. 그녀는 놀이터가 아니라 조깅 코스 쪽을 바라보았다. 우리가 발각되지 않도록 망을 보는 듯했다.

엘리가 바이저를 벗더니 어깨에 메고 있던 가방에서 물병을 하나 꺼내 건네주었다. 목이 말랐지만 빨대가 없으면 바이저를 벗어야 했기에 머뭇거렸다.

"괜찮아, 너도 벗어."

엘리가 대수롭지 않은 듯이 말했다.

나는 뒤로 돌아 물을 마신 뒤 얼른 바이저를 다시 착용했다.

"우리는 너를 도와주려는 거야."

엘리는 그렇게 말한 뒤 물병을 받아서 입에 가져다 댔다. 그 모습을 빤히 바라보다가 나도 모르게 고개를 저었다. 내가 막 그 병에 입을 대고 물을 마셨는데…….

엘리가 물병을 내려놓으며 물었다.

"왜? 혹시 무슨 전염병에라도 걸린 거야?"

"아니요, 하지만……."

엘리는 물을 한 모금 더 마신 뒤 물병을 도로 가방에 넣었다. 나는 그제야 지금까지의 일들이 그녀에게 왜 아무렇지도 않았는지 이해했다. 컨트롤러를 꺼 버리고, 악수를 하고, 더러운 나무 위에 앉고, 다른 사람이 입을 댄 물병의 물을 마시고……. 엘리는 시크랜드 사람이었던 것이다.

엘리가 작은 나뭇가지로 나무 기둥 위에 무언가를 끄적거렸다.

"우리는 너를 돕고, 너는 우리를 돕는 거지."

"내가 무슨 생각을 하고 있는지 다 알아요?"

"토코가 이야기해 줬어."

"그런데 왜 날 도와주려는 거예요?"

"우리는 네가 아주 흥미롭거든."

그제야 엘리가 계속 '우리'라고 말하는 걸 깨달았다.

"자꾸 우리, 우리 그러는데…… 우리가 대체 누군데요?"

"클린랜드의 더러운 비밀에 관심이 많은 집단이지."

비밀? 동기 부여 아카데미가 퍼뜩 떠올랐다. 그 아카데미에 관한 것들은 컨트롤러에서 모두 삭제되어 있어서, 그곳에 가 보지 않은 사람이라면 그런 곳이 존재하는지조차 알지 못했다. 안전실에 있는 오스카 생각도 났다. 클린랜드에는 누구도 알아서는 안 되는 무언가가 더 있는 걸까?

"무슨 비밀이요?"

"동기 부여 아카데미에 있는 사람은 사미라 한 명만 알지?"

"네, 그런데요?"

"우리는 그와 비슷한 다른 아카데미에 갇힌 모든 사람의 데이터를 가지고 있어."

"그런 아카데미가 또 있다는 말이에요?"

엘리가 고개를 끄덕였다.

"그곳에서는 보건법에 대해 비판적인 입장을 취하거나 반대 행동을 하는 수백 명의 사람들이 마치 죄수처럼 갇힌 채 고통받고 있어."

"무슨 말인지는 알겠어요. 그런데 왜 당신들을 도와줄 사람으로 나를 선택한 거예요?"

"네가 청결부 직원의 딸이기 때문이지."

"하지만 우리 엄마는 그저 책상 앞에 앉아서 서류를 검토하는 일만 하는데……."

"물론 그렇지. 분명한 건 사람들이 너처럼 다른 사람들을 돕기 위해 보건법을 위반하거나 위험을 무릅쓴다면, 다른 사람들 또한 좀 더 진지하게 이 문제를 생각해 볼 수 있는 기회를 갖게 된다는 거야."

"당신들이 무엇을 찾아내도 아무 소용 없을 거예요. 결국엔 다 삭제되고 말 테니까요. 또 저는 다른 사람들이 무슨 생각을 하는지 관심도 없고요."

엘리는 계속 나무 기둥에 무언가를 긁적거렸다.

"우리는 생각이 조금 다르구나."

그 순간, 망을 보던 여자가 우리를 향해 소리쳤다.

"쉴로의 예약 시간이 이제 곧 끝나!"

엘리가 내 눈을 뚫어져라 보며 물었다.

"지금 도와줄까? 아니면?"

어쨌거나 엘리는 솔직하게 모든 것을 말해 주었다. 그녀는 보건법의 폐지를 원하는 집단에 속해 있었다. 시크랜드에서처럼 치명적인 질병이 발생하는 경우에만 보호 조치를 취해야 한다고 생각했다. 엘리의 말에 따르면 클린랜드는 모든 면에서 너무 극단적이고 노골적이라는 것이다.

"사람들이 평생 동안 숨어 살면서 서로 피해 가며 살 수는 없잖아."

나는 그녀가 말하고자 하는 바를 충분히 이해했다.

"그럼 앞으로의 계획이 뭐예요?"

내가 묻자 엘리가 가까이 다가왔다. 나는 그녀의 초록빛 눈동자 속에 있는 갈색 점들까지 볼 수 있었다. 그녀가 자신의 컨트롤러와 내 컨트롤러를 번갈아 보았다. 둘 다 꺼져 있었다. 우리는 이제 아무것도 보내지 못하고, 받지도 못할 터였다. 아무도 우리의 위치를 찾지 못하고, 우리를 볼 수도, 이야기를 들을 수도 없었다. 마침내 엘리가 앞으로의 일이 어떻게 진행될지 알려 주었다.

나는 토코가 우리를 대신해 사미라를 구해 줄 수 있는 누군가를 찾기를 바랐다. 우리가 생각한 것들을 책임지고 진행할 수 있는 사람 말이다. 하지만 엘리의 계획은 좀 달랐다. 나 혼자서 사미라를 직접 구출해야 한다고 했다.

"어때? 지금까지 한 이야기는 다 이해했어?"

엘리의 말에 고개를 끄덕였다. 계획은 그다지 복잡하지 않았다. 위험할 뿐이지.

"그럼 언제 실행해요?"

엘리는 들고 있던 나뭇가지를 바닥에 던지고는 자기가 앉아 있던 자리를 가리켰다. 나무 기둥 위에는 날짜와 시간이 새겨져 있었다. 그 숫자를 눈으로 뻔히 보면서도 믿을 수가 없었다.

집으로 돌아온 뒤 샤워부터 하고서 안티셉트 모드를 선택했다. 나는 왜 아직도 이 모드를 선택하는 걸까? 클린랜드의 규정이 그렇기 때문일까? 아니면 내가 그래야 한다고 굳게 믿고 있는 걸까? 나는 이 두 가지 경우를 분리해서 생각할 수 없었다. 보건법과 함께 자랐으니까. 안전하다고 느끼려면 거리가 필요했고, 직접적인 접촉은 위험하다고 생각했다.

하지만 클린랜드에서 벗어나는 순간, 그곳에 무엇이 기다리고 있을지는 알 수 없었다. 그것을 알게 될 때쯤이면 이곳으로 돌아오기에 너무 늦을 테지. 내 인생을 통틀어 가장 큰 실수를 저지르고 있는 건지도 몰랐다.

저녁 늦게 위생 유리창 앞 식탁에 앉았다. 할머니와 이야기할 시간이 오늘밖에 없었다. 할머니가 물었다.

"무슨 일 있어? 왜 그렇게 슬퍼 보이니?"

나는 아무 대꾸 없이 방에 가서 할아버지의 책을 가져왔다. 오래전에 끝까지 다 읽었지만 결말이 해피엔딩은 아니었다. 소년은 광야에서 혼자 살아남지 못했고, 그의 대피처였던 아주 오래된 버스도 별다른 도움을 주지 못했다.

다시 화장실로 가 욕실 장에서 엄마의 립스틱을 가져왔다. 내 의도를 알아챈 할머니도 책과 립스틱을 가져왔다. 우리는 서로에게 질문을 던지고 답을 하면서 메시지를 전달했다. 주고받은 것들은 완전한 문장이 아니라 단어들이었다. 언제든지 엄마가 나타날 수 있기 때문이다.

에어록이 열리는 소리가 들렸다. 나는 마지막 말을 쓰고 페이지를 펼쳐 들었다.

벌써부터 할머니가 그리워요.

할머니가 눈물을 닦으며 화장실로 들어갔다. 나는 소설책을 덮었다. 어느새 엄마가 주방 문 앞에 서 있었다.

"이렇게 늦게까지 할머니랑 둘이서 뭐하고 있어?"

엄마에게 둘러댈 말이 떠오르지 않았다. 할머니가 위생 유리창 앞으로 다가왔다. 손에는 손수건이 들려 있었다. 각자의 테이블 위에 놓인 두 권의 책을 차례로 가리켰다.

"서로에게 책을 읽어 주고 있었어."

"책을 읽었다고요? 그래서 운 거예요?"

"이야기가 너무 슬펐거든."

할머니가 대답했다. 엄마는 더 이상 묻지 않았다. 너무 피곤해 보였다. 늦은 저녁거리를 전자레인지 안에 넣고는 할아버지의 책을 물끄러미 바라보았다. 엄마가 그 책을 열어 보기 전에 얼른 일어나서 책을 들고 방으로 들어왔다.

"안녕히 주무세요."

방문을 닫으려는데 엄마가 갑자기 소리쳤다.

"잠깐만!"

엄마는 성큼성큼 걸어와 곧장 침대 옆 협탁으로 가더니 밤의 치유자 포장을 집어 들었다. 그러고는 오늘 밤 몫의 약을 손수 꺼내어 앞으로 내밀었다.

"조금 있다가 먹을게요."

"아니, 지금 당장 먹어."

"아직은 자고 싶지 않아요."

“지금이 몇 신 줄 알아?”

“저는 더 이상 어린애가 아니에요.”

“그럼 왜 꼭 어린애처럼 행동하는 건데?”

“혼자 있고 싶으니 좀 나가 주실래요?”

엄마는 내 눈앞에다 컨트롤러를 들이밀었다.

“그럼 이건 어떻게 설명할 거야?”

오늘 치른 시험 결과였다. 점수가 얼마나 형편없을지 이미 알고 있었다. 모든 문제를 풀 때마다 사미라 생각을 했으니까.

“이게 어때서요? 이건 제 시험이고, 제 인생이에요.”

“그래, 네 삶이지. 근데 나중에 클리너로 일할 거야?”

나는 토코를 떠올리며 바짝 긴장했다. 엄마가 개인적으로 아는 클리너는 없을 터였다. 토코는 성적이 나보다 훨씬 좋았다. 다만 너무 늦게 졸업할 뿐이었다. 스스로 돈을 벌어 가며 공부해야 했으니까. 클리너로 일하는 대신 학업에만 집중하고 싶어 했지만 경제적으로 그럴 여유가 없었다.

“클리너가 되고 싶으면 계속 이렇게 하든가.”

나는 아무 대꾸 없이 침묵했다. 엄마가 짜증을 내다가 제풀에 지쳐 나가떨어질 때까지. 그러나 엄마는 방을 나가는 대신에 창가로 걸어가 차분하게 말했다.

“선생님한테서 연락 왔어. 너 때문에 걱정이라고.”

“왜요? 성적 때문에요?”

“아니, 네 건강 때문에.”

엄마가 컨트롤러를 터치해 메시지를 전송했다. 내 신체 정보를 분석한 것으로 전년도 대비 지난 몇 달 동안의 수치를 비교한 결과였다. 수면 사이클이 문제였다. 이미 내 수치를 알고 있었기에 그다지 놀라지 않았다.

엄마가 교차로를 지나가는 차량들을 멍하니 바라보았다.

"무슨 일이 있는지 다 알아."

엄마가 안다고? 오늘 공원에서의 비밀 모임이 들통난 걸까? 아니면 내가 옛날 학교를 방문한 사실을 알게 된 걸까? 혹시 전파 방해 장치가 제대로 작동하지 않은 거면 어쩌지? 그래서 컨트롤러가 우리를 관찰하고 추적해 데이터를 전송한 거라면?

나는 감히 엄마의 얼굴을 쳐다보지 못했다. 당장이라도 거짓말을 둘러대야 한다면 차라리 엄마 얼굴을 보지 않는 편이 더 나았다. 어렸을 때부터 엄마는 내가 거짓말을 하면 금세 알아차렸다.

"무슨 일인데요?"

엄마가 컨트롤러를 가볍게 터치했다.

"밤마다 하루걸러 같은 시각에 깨어났네."

"그래서요?"

"토코가 청소하러 우리 집에 오는 시각이지."

"누구요?"

나는 깜짝 놀라 묻다가 실수로 엄마 얼굴을 마주 보고 말았다. 엄마는 화가 났다기보다 많이 지쳐 보였다.

"이제 그 짓은 그만해."

"그건 제가 알아서 결정할 거예요."

엄마가 짧게 웃었다. 실수로 새어 나온 듯한 웃음이었다. 잠깐이었지만 엄마가 나를 이해하는 것처럼, 내 편이 된 것처럼 느끼게 해 주었다. 설사 그 느낌이 진짜라 할지라도, 그것은 아무것도 바꿔 놓지 못할 테지만. 그 순간은 이미 지나가 버렸기 때문이다.

엄마가 평소처럼 엄한 눈빛으로 나를 바라보더니 협탁 위에 놓여 있는 알약을 가리켰다.

"저 약이 없으면 너는 제대로 잠을 잘 수가 없어. 그러다 보면 병이 날 거고."

나는 짐짓 창밖으로 시선을 돌렸다. 엄마 얼굴이 유리창에 비쳤다.

"그걸 먹지 않으면, 그들이 저도 사미라처럼 감옥에 처넣을까요?"

"쉴로, 동기 부여 아카데미는 감옥이 아니야."

"엄마! 엄마는 그곳에 가 보지 않아서 몰라요. 거긴 정말이지 끔찍했어요. 엄마도 책상 앞에만 앉아 계실 게 아니라 직접 눈으로 확인해 보셔야 해요!"

엄마가 팔짱을 끼며 큰 소리로 말했다.

"진짜 끔찍한 건 다른 사람들을 병들게 만들고 피해를 끼치면서도 안전거리를 지키지 않는 거야. 그거야말로 끔찍한 일이라고. 삶을 파괴하니까."

나는 뒤돌아서며 소리를 질렀다. 일부러 힘을 준 탓인지 목소리가 거칠게 갈라졌다.

"저는 그 누구도 아프게 하고 싶지 않아요!"

엄마가 다시 약을 가리켰다.

"그럼 건강해야지!"

"제발 저 좀 가만 내버려 두세요!"

"그러니 이제 그만 약을 먹으라고!"

엄마가 발을 쿵쿵 구르며 소리쳤다.

나는 몸을 움츠렸다. 이제 소리치기보다는 그저 울고만 싶었다. 눈물이 나오려는 걸 억지로 참았다.

"엄마가 미워요!"

나는 약을 집어 입 안에 넣었다. 엄마는 고개를 절레절레 저으며 밖으로 나갔다.

"대체 네가 왜 이러는지 정말 모르겠다."

엄마가 문을 닫고 나가자마자 약을 바닥에 뱉고는 몸을 부르르 떨며 최대한 침착하게 대답했다.

"저는 괜찮아요. 그런데 엄마는요? 정말 괜찮은 게 맞아요?"

잠입

드론은 이미 오래전에 청결 작업을 끝냈다. 토코와 나도 청소를 마치고 둘만의 시간을 즐겼다. 엄마가 한밤중에 침실에서 나올 경우를 대비해 복도 쪽 문을 조금 열어 두었다. 엄마는 나를 너무 잘 알고 있었기에 언제 나타날지 몰랐다. 그 순간을 잘 대비해야 했다.

토코가 어깨를 다독이며 말했다.

"그렇게 긴장하지 마. 엄마가 너를 통제하기 위해 굳이 깨어 계셔야 할 필요가 없어."

그러면서 턱으로 컨트롤러를 가리켰다. 그 말이 맞았다. 내가 차고 있는 이 완벽한 컨트롤러 때문에 엄마는 아침이 되면 내가 밤새 깨어 있었다는 사실을 알아차릴 터였다. 내가 약을 삼키지 않고 다시 뱉었다는 것도 알게 되겠지. 하지만 그런 것들은 이제 더 이상 중요하지 않았다.

나는 토코에게 엘리를 만난 이야기를 했다. 토코는 가만히 듣고 있다가 간간이 이해가 가지 않는 것들을 다시 물었다.

"일을 이렇게 빨리 진행하는 이유가 뭘까?"

"혹시나 내 마음이 바뀔까 봐 걱정되어서 그런 거 아닐까?"

"어쨌거나 이번 일은 너무 위험한 것 같아. 그렇지 않아?"

나도 눈앞에 닥친 상황을 믿을 수가 없었다. 사미라를 구해 줄 사람을 찾고 있었지만, 그 일을 내가 하게 될 줄이야…….

"너도 위험을 감수하잖아."

"하지만 너만큼은 아니야."

토코가 고개를 저었다. 나는 더 이상 그 일을 깊이 생각하고 싶지 않았다.

"사실 대부분의 일은 엘리가 도맡아서 해."

"그렇긴 하지만 아무도 그녀를 발견하지 못할 거야."

토코 말이 맞았다. 엘리는 두 대의 컴퓨터 앞에 앉아 작업을 할 테니까. 뭔가가 잘못되어도 컴퓨터를 끄면 그만이었다. 그걸 알면서도 엘리나 토코보다 더 많은 역할을 떠맡은 건 사미라가 내 친구이기 때문이었다.

"너는 엘리를 믿어?"

토코에게 넌지시 물었다.

나는 조깅을 마치고 난 후, 이 모든 것이 혹시라도 함정이 아닐지 생각하고 또 생각했다. 엘리가 클린랜드에서 법을 어긴 사람들을 은밀

하게 추적하고 찾아내는 정부 비밀 부서의 직원일 수도 있으니까. 어쩌면 토코도 그들에게 속고 있는 게 아닐까? 이런 생각들이 꼬리에 꼬리를 물고 이어졌다. 흠, 너무 억지스러운 의심인가?

"엘리를 신뢰하냐고?"

토코는 이렇게 되묻더니 한참 동안 고민하는 눈치였다.

"솔직히 말하면 그 사람들을 잘 알지 못하긴 해. 하지만 우리에게 다른 선택지가 있을까?"

나는 고개를 저었다.

"아니, 우리가 도망가고자 한다면 달리 방법이 없어."

"무섭니?"

"당연하지."

토코가 내 손을 꽉 잡았다.

"나도 무서워."

얼마 후 토코는 다음 집으로 건너갔다. 나는 다시 침대에 누웠다. 잠을 자고 싶은 생각은 없었지만 잠시라도 쉬어야만 했다. 모든 것이 비현실적으로 느껴졌다. 지금 이 순간이, 집에서 보내는 마지막 시간이라는 사실이 도무지 믿어지지 않았다.

어느 순간, 까무룩 잠이 들었다. 엄마가 출근하기 전에 자리에서 일어났지만 마음이 아플 것 같아서 주방에는 가지 않았다. 할머니와는 이미 작별 인사를 나누었으니까. 우리는 책에다가 서로에게 하고 싶은 말들을 모두 썼다. 엄마가 언제고 할아버지의 책을 발견한다면, 더 많은 것들을 알게 될 터였다. 그리고 안전실에 있는 할머니의 책까지 발견해야 모든 것의 아귀가 들어맞을 것이다. 그게 언제가 될지는 알 수 없었다.

현관문 앞의 에어록에 들어섰다. 아직 해가 뜨지 않아 밖은 어둑어둑했다. 살균 소독 박스에서 특별한 프로텍터를 찾았다. 수선을 맡겼다가 얼마 전에 찾아온 것이다. 하필이면 왜 그 프로텍터를 입기로 결정했는지, 스스로도 이유를 설명할 수 없었다. 하지만 옳은 선택이라는 생각이 들었다. 클럽에서 미끄러져 넘어진 후 균열을 발견했을 때, 스페이스 제인이 틀어 주었던 노래가 떠올랐다. 그리고 나 때문에 클럽에 있던 사람들의 절반가량이 격리되었던 일이 마치 어제 일처럼 생생했다.

프로텍터를 착용한 뒤 엘리베이터를 타고 내려가 아파트를 벗어났다. 교차로에 이르렀을 때 컨트롤러 밑으로 전파 방해 장치를 밀어 넣었다. 이제 어떤 데이터도 전송되지 않는다. 내 상태가 어떤지 알고 싶다면, 스스로의 목소리에 귀를 기울여야만 한다.

공사 현장 옆 공원에 있는 이동식 살균 소독 컨테이너를 찾아갔다. 문에 달린 센서 위에 '고장'이라고 빨간색 글씨가 적혀 있다. 모든 것이 엘리가 말한 그대로였다. 조심스럽게 주변을 둘러보았다. 너무 이른 시각이라 그런지 거리에는 지나다니는 사람이 없었다. 누군가가 나를 멀찍이서 보고 있다 해도 문제 될 것은 없었다. 그들은 그저 살균 소독 컨테이너 안으로 들어가는 사람만 보게 될 테니까. 멀리서 보면 센서 위에서 반짝이는 고장이라는 글씨도 보이지 않을 것이다.

컨테이너 문을 열고 안으로 들어가자마자 빗장을 걸어 잠갔다. 만일 모든 것이 계획대로 진행된다면, 이 컨테이너는 한 시간 안에 수거 차량에 실리게 될 것이다.

얼마나 기다렸을까? 마침내 컨테이너가 움직이기 시작했다. 마구 흔들리는 바람에 손잡이를 꽉 붙들었다. 수거 작업이 아무 문제 없이 진행되기만을 바랄 뿐이었다. 컨테이너 박스를 옮기는 클리너는 무슨 일이 일어나고 있는지 알지 못했다. 그는 도시 곳곳에서 결함이 생긴 컨테이너를 수거해 안티셉트의 대형 작업장으로 이동시키는 일을 할 뿐이었다.

컨테이너가 트럭에 실리는 중인지 무척 덜거덕거렸다. 벽이 너무 두꺼워서 밖에서 무슨 일이 일어나는지 알 수 없었다. 곧이어 바닥이 부르르 진동했다. 트럭이 속도를 내거나 브레이크를 밟는 모양이었다.

엘리는 이동 시간이 두 시간 정도 걸릴 거라고 했다. 정확한 시간은 운전자가 수거해야 하는 컨테이너 수에 따라 달라졌다. 고장이 난 컨테이너는 일반적으로 신고 없이 한동안 방치되지만, 내가 탄 컨테이너는 엘리가 센서에 결함이 발생했다고 신고를 해 두었다. 이 계획을 위해 컨테이너 프로그램을 해킹했다. 작업장에서 센서가 고장 나지 않았다는 걸 확인할 때쯤이면, 나는 이미 그곳에 없을 것이다. 이것이 우리의 첫 번째 계획이었다.

그로부터 두세 시간은 족히 지난 듯했다. 클리너가 나를 다른 장소로 데려가면 어떡하지? 전파 방해 장치가 아니었다면 더 많은 정보를 알 수 있었을 텐데. 지금 몇 시인지, 도시의 어디쯤에 와 있는지 전혀 파악할 수가 없었다.

잠시 후 컨테이너 문이 열렸다. 나는 무릎 사이에 머리를 박고 바닥에 앉아 있었다. 클리너 한 명이 안으로 들어오는 걸 보고 깜짝 놀라 몸을 일으켰다. 엘리가 말한 그 사람인가? 그는 날 보고도 전혀 놀라지 않았다. 좋은 징조였다. 내가 여기에 있으리라는 걸 예상하고 있는 셈이니까.

"이제 어디로 가요?"

클리너는 자신의 바이저 앞에 가만히 집게손가락을 갖다 댔다. 말을 하지 말라는 뜻이었다. 나는 입을 꾹 다물고 그를 따라서 컨테이너 밖으로 나갔다.

밖에는 수십 개의 이동식 살균 소독 컨테이너가 늘어서 있었다. 앞장서 걷는 클리너를 따라가는 동안, 모든 것이 계획대로 착착 진행되고 있다는 것을 알 수 있었다. 이윽고 철조망이 설치된 높은 울타리 앞에 도착했는데, 그 너머에 몇 층짜리 콘크리트 건물이 서 있었다.

지난번에 이곳을 방문했을 때는 동기 부여 아카데미의 외관을 보지 못했다. 버스 유리창에 광고 영상이 틀어져 있는 데다 경찰 버스가 곧장 지하 주차장으로 들어섰기 때문이다. 그다음에는 유리벽이 완전히 시커멓게 변했다.

잠시 후 나는 살균 소독기로 가득 찬 어느 홀에서 대기했다. 클리너가 중간중간에 노크를 하고 들어와 물병과 과일을 가져다주었다. 나는 집에서 에너지 바 몇 개와 주스 한 병을 챙겨 왔기에 그걸 먹으며 시간을 보냈다. 그렇게 몇 시간이 흐른 뒤, 문이 갑자기 열리면서 여자 클리너가 들어왔다. 그녀는 금속 조각 하나와 커다란 펜치, 그리고 초록불이 깜박이는 무언가를 들고 있었다.

나는 낯선 사람의 등장에 소스라치게 놀라서 하마터면 소리를 지를 뻔했다. 그 순간, 그녀의 팔에 있는 로고를 발견했다. 그녀는 프리미엄 클리너로, 다른 일반 클리너들이 접근할 수 없는 구역에 들어갈 수 있었다.

"네 컨트롤러가 필요해."

"그걸로 뭘 하게요?"

"팔을 쭉 펴 봐."

그녀가 펜치로 무엇을 하려는지 눈치채고는 눈을 감은 채 팔을 내밀었다. 손목에 차가운 금속이 닿는 게 느껴졌다. 다시 눈을 떴을 때는 내 컨트롤러가 바닥에 떨어져 있었다. 나는 손목을 물끄러미 내려다보았다. 컨트롤러는 하나의 기계 장치에 불과한데도, 마치 내 몸의 일부가 사라진 것만 같았다.

프리미엄 클리너가 컨트롤러를 집어 들고는 나에게 따라오라고 신호를 보냈다. 우리는 파이프로 가득 찬 공간에 들어섰다. 무엇보다 열기가 후끈했다. 클리너가 보일러 비슷한 장치 앞에 멈춰 서서 뚜껑을 열었다. 불길이 확 솟구치며 뜨거운 열기가 느껴졌다. 그녀는 토코가 준 전파 방해 장치를 떼어 낸 뒤, 내 컨트롤러를 불 속에 던져 넣었다.

"이건 나중에 네 친구를 위해서 써."

그녀가 내 손에 전파 방해 장치를 쥐여 주었다. 왜 우리를 돕는 건지, 어째서 엘리의 집단에 속해 있는지 물어보고 싶었지만 시간이 없었다. 우리는 서둘러 좁은 복도로 나아갔다. 무언가를 듣고 있는 것처럼 보이던 그녀가 문득 자리에 멈춰 섰다. 무슨 일인가 싶어 심장이 쿵쾅거렸다. 다행히 아무 일도 아니었는지 계속해서 걸어갔다.

복도 끝에는 전망 창이 달린 거대한 문이 있었다. 그녀가 센서에 컨트롤러를 갖다 대자 곧장 문이 열렸다. 벽에는 두 개의 살균 소독기가 걸려 있었고, 빨간색 표시등이 깜빡였다. 이곳은 장비와 대체 부품을 교환하는 장소인 듯했다. 안티셉트 공장과 동기 부여 아카데미를 연결하는 통로인 것이다.

프리미엄 클리너가 나에게 컨트롤러를 보여 주었다. 저녁 아홉 시가 되기 직전이었다. 지금까지 모든 것은 엘리의 계획대로 흘러갔다. 그러나 진짜 위험한 계획은 이제야 비로소 시작되고 있었다.

예기치 못한 이별

엘리는 계획의 세부 사항까지 알려 주지는 않았다. 내가 임무를 잘 해 낼 수 있을지 확신할 수 없어서였다. 다른 사람들을 위험에 빠뜨릴 가능성을 줄이기 위해서는 차라리 내가 모르는 게 나았다. 하지만 그것은 나를 더욱 불안하게 만들었다. 이제 어떻게, 그리고 누구와 함께 앞으로 가야 하는 걸까?

앞만 보며 걷는 프리미엄 클리너를 허둥지둥 따라가다 보니 어느 순간 계단이 나타났다. 그녀가 계단 위를 가리켰다. 혼자 올라가라는 뜻이었다. 계단 끝에는 철제문이 있었다. 은행의 귀금속 보관 금고로 들어가는 입구처럼 단단하고 웅장해 보였다. 나의 상황과 맞아떨어지는 듯한 느낌이었다. 내가 가진 것 중 토코 외에 가장 소중한 존재를 만나러 가는 길이니까.

엘리가 해킹에 성공했다면 문이 곧 스르르 열릴 터였다. 심호흡을 하며 기다렸지만 문은 아무 반응이 없었다. 뭔가 부스럭거리는 소리가 들려왔다. 아래에서 나는 소리인가? 나는 몸을 벽에 바싹 붙였다. 계단 아래쪽에서 그림자가 어른거렸다. 혹시 헛것을 본 걸까? 경비원? 아니면 내가 길을 제대로 들었는지 확인하러 온 프리미엄 클리너? 이대로 시간이 더 흘러간다면 두려움 때문에 미쳐 버릴지도 모른다는 생각이 들었다.

마침내 거대한 문이 쉿 소리를 내며 열렸다. 대기실이 나타났다. 사미라를 만나기 위해 몇 시간 동안이나 앉아 있었던 곳이다. 그곳을 나와 작은 방들이 늘어서 있는 넓은 복도에 이르는 순간 그 자리에 우뚝 멈춰 서고 말았다. 마음이 싱숭생숭해져 더 이상 달려갈 수 없었다. 복도로 난 유리창은 맑고 투명해 그 너머가 선명하게 보였다.

왼쪽 첫 번째 유리창 너머에는 할아버지가 서 있었다. 충혈된 눈으로 나를 물끄러미 바라보았다. 벽 스크린에는 심야 토크쇼가 방송되고 있었지만, 조금도 관심이 없어 보였다. 그저 호기심 가득한 눈으로 나를 봤다. 마치 누군가를 기다리고 있는 것 같아 보이기도 했다. 사미라를 면회하러 갔을 때처럼 유리창에는 신체 정보가 게시되어 있었다. 이름, 주소, 이동 정보 및 관련 조치를 내리게 된 이유가 빼곡하게 적혀 있었다.

맞은편 방에서는 희미한 불빛만이 어룽어룽 새어 나왔다. 침대에 누군가 누워 있었고, 그 옆에는 링거 거치대가 있었다. 흡사 병실처럼 보였다. 침대 옆으로 보이는 넓은 띠의 정체는 뭘까? 혹시 누워 있는 사람이 그 띠에 묶여 있는 걸까? 다른 방에서는 엄마 또래의 여자가 좁은 방 안을 불안한 표정으로 왔다 갔다 하고 있었다. 나를 발견하더니 대뜸 소리를 지르기 시작했다. 주먹으로 유리창을 마구 두들기는 바람에 손에서 피가 흘렀다.

결국 좌우를 돌아보지 않고 사미라의 방 앞까지 곧장 달려갔다. 방 안이 칠흑같이 어두웠다. 천장 모서리의 카메라조차 깜박이지 않았다. 문은 벌써 열려 있는 듯했다. 서둘러야 했다.

"그곳의 시스템을 언제까지고 차단시켜 놓을 수는 없어."

엘리가 몇 번이나 강조했다.

"어느 시점이 되면 그들이 나의 존재를 알아채고 방어 프로그램을 가동시켜 몰아낼 거야. 그러면 너를 위해 아무것도 해 줄 수가 없어. 그러니 신속하게 움직여야 해."

사미라는 대체 어디에 있는 걸까? 방 안이 너무 어두워서 아무것도 보이지 않았다. 침대 위에는 아무도 없었다. 나는 무릎을 꿇고 나서야 침대 아래에서 담요로 몸을 감싼 채 웅크리고 있는 그 애를 발견했다. 몇 주 전에 보았던 것과 똑같은 모습이었다. 나는 사미라를 침대 밑에서 끌어내 어깨를 붙잡고 마구 흔들었다. 그 애는 힘겹게 숨을 몰아쉴 뿐 꼼짝도 하지 않았다. 그렇다고 업고 갈 수도 없는 노릇이었다.

"사미라!"

내가 이름을 부르자 사미라가 한쪽 눈을 뜨고 미소를 지었다. 그러고는 다시 잠이 들었다. 몸을 조금 더 거세게 흔들었다. 테이블 위에는 차가 담긴 잔이 하나 있었다. 차갑게 식은 차를 사미라의 얼굴에 부었다. 마침내 깨어났다.

"쉴로?"

"얼른 이곳을 빠져나가야 해."

나는 사미라의 몸을 일으켜 세운 뒤 그 애의 팔을 내 어깨에 둘러 부축했다.

"내가 너를 이곳에서 꺼내 줄게."

그러자 사미라가 나직이, 그리고 지친 목소리로 대답했다.

"그건 절대로 불가능해."

사미라를 방에서 데리고 나오기 직전에 그 애의 컨트롤러 밑으로 전파 방해 장치를 밀어 넣었다. 하마터면 깜빡 잊을 뻔했는데 그건 정말 중요한 일이었다. 사미라는 아무것도 눈치채지 못하는 것 같았다. 두 눈은 거의 감겨 있다시피 했다. 복도에 다다랐을 때에야 조금 정신을 차려 걷기 시작했다. 나는 일부러 다른 방 안을 들여다보지 않았다. 나 혼자 힘으로는 사미라 한 명만 데려갈 수 있었기 때문이다.

마침내 우리는 복도 끝에 다다랐다. 할아버지의 방 앞을 지나치는데 나도 모르게 눈이 마주쳤다. 할아버지는 여전히 유리창 앞에 서 있었다. 얼마나 오랫동안 저기에 서서 누군가가 찾아오기만을 기다리고 있었던 걸까?

대기실 문 앞에 다다라 문을 열려고 손을 뻗었다. 그런데 문이 저절로 열리는 게 아닌가! 깜짝 놀라 우뚝 멈춰 섰다. 맞은편에 서 있던 사람도 우릴 보고 소스라치게 놀란 표정이었다. 손에 들고 있던 서류가 바닥으로 떨어지면서 낱낱이 흩어졌다.

"엄마?"

"네가 왜……?"

엄마는 말을 채 끝맺지 못했다. 나와 사미라를 번갈아 쳐다보다가 내 텅 빈 손목을 확인했다. 그러고는 바이저를 쓰고 있지 않은 내 얼굴을 뚫어져라 보더니, 자신의 컨트롤러를 재빨리 터치하며 말했다.

"경비!"

엘리는 동기 부여 아카데미에서 늦은 시각까지 야근을 하는 사람이 없다고 말했다. 하지만 엄마가 이곳에서 일한다는 걸 미리 알았더라면, 엘리에게 그 사실을 말했을 것이다. 엄마가 매일 얼마나 늦게 퇴근하는지를. 하지만 난 아무것도 몰랐다.

이제 모든 게 다 끝장났다. 급격하게 피로가 몰려왔다. 사미라의 몸이 더 무겁게 느껴졌다. 이대로 바닥에 쓰러져 누운 채 경비가 올 때까지 기다리고 싶었다.

엄마의 컨트롤러에서 다급한 목소리가 들려왔다.

"무슨 일입니까?"

엄마가 나를 바라보며 아주 천천히 대답했다.

"아무 일도 아니에요. 오작동한 것 같아요."

"알겠습니다. 곧 기술자를 보내겠습니다."

엄마는 깊은 숨을 들이마신 뒤 속삭이듯이 말했다. 얼굴이 파르르 떨렸다.

"어서 가."

내가 무슨 말인지 알아듣지 못해 멍하니 있자, 엄마가 똑같은 말을 되풀이했다. 이번에는 조금 더 크게.

"어서 가라고!"

나는 사미라를 부축하며 다시 앞으로 나아갔다. 동기 부여 아카데미의 대기실을 지난 뒤 계단을 내려가 지하로 갔다. 철제문이 쉿 하는 소리를 내며 닫히자, 계단 아래에서 기다리고 있던 프리미엄 클리너가 눈앞에 나타났다. 그녀는 아무 말 없이 사미라를 자신의 어깨에 둘러메고는 달리기 시작했다. 나도 가쁜 숨을 몰아쉬며 정신없이 그녀를 쫓아갔다.

주차장에 도착하자 트럭 한 대가 헤드라이트를 켠 채 우리를 기다리고 있었다. 짐칸에 실려 있던 빈 안티셉트 통 위에 앉기 무섭게 트럭이 속도를 내어 달렸다. 사미라는 내 어깨에 머리를 기댄 채 곧장 잠이 들었다. 나는 조심스럽게 그 애를 바닥에 눕힌 뒤 그 곁에 누워 몸을 쭉 뻗었다.

그렇게 얼마나 달렸을까? 눈을 번쩍 떠 보니 밖이 훤하게 밝았고, 트럭 문도 활짝 열려 있었다.

"사미라!"

내가 소리쳐 부르자 사미라가 서서히 정신을 차리고는 주위를 둘러보았다.

"여기가 어디야?"

"안티셉트 트럭."

그 이상은 나도 잘 몰랐다.

"뭐라고?"

사미라가 몸을 벌떡 일으키더니 문 쪽으로 기어갔다. 우리는 서로를 도와 트럭에서 내렸다. 트럭은 어느 숲가의 텅 빈 주차장에 주차되어 있었다.

"여기가 어디지?"

사미라가 또 물었다. 마치 넋이 나간 사람 같았다. 아직 온전하게 정신을 회복하지 못한 듯했다.

나는 어깨를 으쓱해 보일 뿐이었다. 누군가가 여기에서 우리를 기다리고 있어야 했지만 아무도 보이지 않았다. 우리는 조심스럽게 숲 속으로 걸어 들어갔다. 나무들이 울창해서 숲 안쪽은 10미터 앞도 채 보이지 않았다. 그때 차에 시동이 걸리는 소리가 들리는가 싶더니, 트럭이 휑하니 가 버렸다. 우리는 그 모습을 멍하니 지켜보았다. 운전자에게 고맙다는 인사조차 하지 못한 것이 못내 마음에 걸렸다.

"드디어 왔구나."

등 뒤에서 누군가의 목소리가 들려 깜짝 놀랐다.

굵직한 나무 뒤에서 낯선 아줌마가 모습을 드러냈다. 그 옆에는 커다란 개 한 마리가 꼬리를 흔들고 있었다. 아줌마는 프로텍터 대신에 검은색 바지와 코트를 입고 있었다. 그녀는 우리를 숲속으로 안내했다. 나뭇잎 사이로 내리쬐는 햇빛은 오렌지색으로 빛났다. 안으로 들어갈수록 주위가 점점 밝아졌다. 숲의 공기도 기분 좋게 느껴졌다. 하지만 사미라는 여전히 말이 없었다. 그 애가 복용한 약들이 부작용을 일으키지 않기만을 바랄 뿐이었다.

중간중간 짧은 휴식을 취하며 목적지를 향해 걸어갔다. 태양이 우리 머리 위에 떠올랐을 때, 낡은 캠핑카 한 대가 서 있는 곳에 도착했다. 차가 어떻게 여기까지 들어온 걸까? 주변에는 도로는 고사하고 숲길조차 보이지 않았다. 문득 할아버지의 책 속 이야기가 생각났다. 그 책에도 아주 낡은 버스 얘기가 나왔다. 그 버스는 세상 어디에도 존재하지 않는 곳에 버려져 있었다. 소년은 그 버스에서 먹고 자며 생활했다. 그에게는 그 버스가 캠핑카나 다름없었다.

하지만 나는 잠시 그 생각을 접어 두기로 했다. 이야기가 해피엔딩으로 끝나지 않았기 때문이다.

아줌마가 숲 저편을 가리켰다.

"저 앞이 경계선이야."

거기에는 강이 흐르고 있었다. 물살이 상당히 빨라 보였는데, 나뭇가지와 나뭇잎에 가려 강 건너편이 잘 보이지 않았다.

"밤이 될 때까지 캠핑카에서 쉬었다 갈 거야."

아줌마가 덧붙여 말했다.

작은 캠핑카 안은 간소하다 못해 물건이 아무것도 없었다. 나무 벤치 위에 모피 두 장이 놓여 있을 뿐이었다. 사미라가 그중 하나를 가져다가 바닥에 깔더니 그 위에 누워 금세 잠이 들었다. 한시라도 빨리 예전의 모습으로 돌아와야 할 텐데…….

"차 마실래?"

아줌마는 대답도 듣지 않고 어디론가 사라지더니 10분 후에 주전자와 찻잔을 가지고 돌아왔다. 사미라는 좀 더 자게 내버려 두었다. 잔에 차를 따르는데 문득 할머니 생각이 났다. 할머니는 이제 예전보다 더 외로울 것이다.

헬리콥터 소리가 들려 깜짝 놀라 쳐다보자, 아줌마가 걱정 말라는 듯이 고개를 흔들었다.

"드론이 헬리콥터보다 더 고약해. 보이지는 않는데 기척이 느껴져서 쳐다보면 이미 윙윙거리면서 사라져 보이지 않거든."

"여기에서 사세요?"

"아니."

아줌마가 웃으며 대답했다.

"여기에는 아무도 살지 않는단다."

그녀는 더 이상 아무 말도 하지 않았다. 헬리콥터 소리도 들리지 않았다. 아줌마는 자리에서 일어나 또 어딘가로 사라지더니 잠시 후 김이 나는 냄비 하나를 가지고 돌아왔다. 사미라가 잠결에 움찔 놀라며 몸을 뒤척였다. 부디 나쁜 꿈을 꾸지 않기를 바랄 뿐이었다. 그 애가 갑자기 얼굴을 찡그렸다. 금방이라도 울 것만 같았다.

우리는 더 이상 바이저를 착용하고 있지 않았다. 프로텍터도 더러워진 지 오래였다. 나는 잠금 장치를 열고 손가락에서 손 보호대를 잡아당겼다. 그러고는 맨손으로 조심스럽게 사미라의 머리를 쓰다듬었다. 슬며시 웃는 것을 보니, 아직 목적지에 도착하지 못했는데도 벌써 조금 행복해졌다. 나도 사미라 곁에 누워 잠을 청했다.

시간이 얼마나 흘렀을까? 갑자기 문이 활짝 열리는 바람에 깜짝 놀라 잠에서 깼다. 해가 졌는지 밖이 어두웠다. 개가 캠핑카 안으로 뛰어 들어와 킁킁거리며 냄새를 맡았다. 아줌마가 뒤따라 들어오더니 밖에 있는 누군가에게 안으로 들어오라고 손짓했다. 사미라는 캠핑카 안으로 들어서는 사람을 보고 비명을 질렀다. 기쁨의 환호성이었다.

"오스카!"

오스카가 사미라의 품속으로 달려들었다. 두 사람은 모피 위로 쓰러졌다. 그들은 한 덩어리처럼 서로를 꼭 껴안았다. 포옹하는 게 조금도 거리낌이 없는 걸 보니 익숙한 듯했다. 나는 여전히 그렇게 가까운 거리가 낯설기만 한데…….

내가 어렸을 때 엄마도 나를 저렇게 꼭 안아 주었을 것이다. 하지만 언젠가부터 그러지 않았다. 늘 나와 일정한 거리를 유지했다. 왜 그랬을까? 보건법 때문에?

나는 오스카의 등을 부드럽게 쓰다듬었다. 사미라도 뺨에 흐르는 눈물을 닦아 냈다. 오스카가 나를 보고 환하게 웃었다.

"토코 형이 밖에서 누나를 기다리고 있어."

그 말이 떨어지기가 무섭게 밖으로 뛰쳐나갔다. 그 애는 왜 캠핑카 안으로 들어오지 않는 걸까? 커다란 나무 아래에 서 있는 토코에게로 달려가 품에 안겼다. 우리 둘 다 아무 말도 하지 않았다. 나는 마음이 한없이 편안해지는 것을 느꼈다. 다시는 그 애와 떨어지지 않을 것이다. 절대로 다시는!

토코는 바이저를 착용하고 있었다. 그런 건 아무래도 상관없었다. 오래된 습관을 순식간에 바꾸기 힘들 테니까. 지금 당장은 그렇게 무리할 필요도 없을 것 같았다. 무엇을 하든지 우리만을 위해 시간을 쓸 수 있었다. 이곳을 떠나면 거리를 두지 않고도 편안하고 안전하게 느길 수 있는 방법을 함께 배울 터였다. 시크랜드에서 자라지는 않았지만 금방 배우고 적응할 수 있을 거라는 기대감이 생겼다. 우리는 그곳에서 위험에 대처하는 법도 배우게 될 것이다.

토코가 내 품에서 벗어나 한 발 뒤로 물러섰다. 나는 그 애의 손을 꽉 붙잡았다.

"다 괜찮은 거지?"

토코는 아무 대답이 없었다. 우리는 둘 다 낙관주의자가 아니라서 늘 최악의 상황을 예상하는 버릇이 있었다. 다른 가능성을 대비하고 있을 때에야 비로소 모든 것이 잘 풀렸다. 그가 주저하는 이유를 알 것도 같았다.

캠핑카 안에서 오스카의 웃음소리와 개가 짖는 소리가 들렸다. 오스카가 허튼 짓을 하고 있는 게 분명했다. 지금은 토코와의 시간을 즐기며 미처 하지 못한 이야기를 나누고 싶었다.

"우리 엄마가 동기 부여 아카데미에서 일하고 있었어."

토코가 땅바닥을 내려다보며 대답했다.

"엘리의 동료들에게 들었어."

"언제?"

"오늘 아침에 오스카를 여기로 데려오면서."

엘리가 우리 엄마의 비밀을 이미 알고 있었다고? 어찌 보면 당연한 일일지도 모른다. 그녀가 나에게 흥미를 가졌던 이유를 비로소 이해할 수 있었다. 딸이 자신의 엄마가 일하는 곳으로 몰래 잠입한다니……. 누구도 다른 사람의 실제 삶에 대해 알지 못한다. 서로 너무 먼 거리를 유지하기 때문이다. 엘리는 그런 점을 최대한 이용하려 했을 것이다.

토코가 머뭇거리며 입을 열었다.

"해야 할 이야기가 또 있어."

왠지 가슴이 답답해지면서 목구멍에서 묵직한 덩어리가 느껴졌다.

"뭔데?"

"나는 오스카를 데려다주러 온 거야. 이제 다시 가 봐야 해."

"뭐? 어디로?"

"그곳으로."

"토코, 대체 어디로 가겠다는 거야? 사람들이 오늘 밤 우리를 데리러 올 거야. 저기 좀 봐!"

나는 나뭇잎 사이로 반짝이며 흐르는 푸른 강물을 가리켰다.

"저 앞에 경계를 이루는 강이 흐르고 있어. 저기만 넘어가면 돼."

"정말 미안해, 쉴로."

토코가 울먹이기 시작했다. 갑작스러운 일들로 인해 혼란스러워하는 게 틀림없었다. 나는 부들부들 떨고 있는 그 애를 꽉 껴안았다.

"다시 돌아갈 필요 없어. 더 이상 클리너로 일하지 않아도 되고. 우리는 함께 가는 거야."

토코의 바이저가 내 뺨을 눌렀다.

"나는 그렇게 할 수가 없어."

"왜?"

"너무 위험해."

"뭐가?"

내가 몸을 떼며 물었다. 토코는 여전히 내 손을 잡고 있었다.

"우리 가족에게는 유전적인 결함이 있어."

"유전적인 결함?"

"응, 그래서 나는 너보다 질병에 훨씬 취약해."

그런 사실을 왜 지금까지 말하지 않았는지 묻고 싶었다. 하지만 목이 메어 숨이 막힐 것만 같았다. 나는 흐느끼기만 할 뿐 아무 말도 할 수가 없었다. 토코는 내가 무슨 말을 하고 싶어 하는지 알았다.

"너한테는 차마 이야기할 수가 없었어. 그러면 이번 일에 참여하지 못하게 했을 테니까."

"하지만……."

나는 더 이상 말을 잇지 못했다. 토코는 오랫동안 혼자만 간직하고 있었던 생각을 쏟아 내려 했다.

"너한테 말할 수가 없었어. 그냥 그랬어. 네가 나를 더 이상 만나려 하지 않을까 봐 걱정됐어."

"아니야, 절대로 그렇지 않아."

하지만 그의 말이 맞았다. 유전적인 결함이 전염되는 건 아니지만, 그 얘길 들었다면 혹시라도 병에 감염될까 봐 두려워했을 것이다. 이 모든 상황이 정말이지 기이하게 느껴졌다. 보건 수칙은 안전을 약속하지만, 실제로는 내 안에 막연하고 강한 두려움만을 심어 주었다.

어쨌든 토코가 다른 사람들보다 조심해야 한다는 사실만은 분명했다. 적어도 지금은 나 때문에 걱정할 필요가 없었다. 나는 지금껏 클린랜드에서만 살았고, 컨트롤러로 건강 상태를 끊임없이 확인했으니까. 나는 건강하다. 어쩌면 앞으로 지금만큼 건강하지 못할 수도 있겠지만.

나는 토코의 바이저를 밀어 올렸다. 그 애는 나의 손길을 거부하지 않았다.

그 후

나는 기차에 앉아 창밖을 멍하니 바라보며 토코 생각을 했다. 내 인생은 그 일을 기점으로 '그 전'과 '그 후'로 나뉜다. 클린랜드의 시간과 다른 곳에서의 시간이 있다. 둘은 서로 양립할 수 없었다. 우리는 결국 결정을 내렸다.

마침내 기차가 멈춰 섰다. 내리기 위해 문 앞에 서 있는데 낯선 사람들이 다가와 나를 거칠게 밀치고 지나간다. 바지, 치마, 재킷, 그리고 셔츠가 마찰하며 부스럭거린다. 땀 냄새가 콧속으로 밀려든다. 한 아이가 큰 소리로 울자 아이 아빠가 소리를 마구 지른다.

내 앞에 검은색 가죽 재킷을 입은 남자가 서 있다. 남자의 손가락이 붉게 물들어 있다. 무언가가 바닥으로 뚝뚝 떨어졌지만, 그는 아무렇지 않은 듯이 구둣발로 바닥의 얼룩을 쓱쓱 문지른다. '이런 세상을 만나니 기분이 어때?' 하고 누군가 묻는다면, 잘 모르겠다고 대답할 것이다. 정말이다. 잘 모르겠다. 어쩌면 너무 많은 정보와 자극들이 한꺼번에 밀려들어서일지도…….

지난 몇 주 동안 이 현실에 대해 끊임없이 생각했다.

'그는 어떻게 지내고 있을까? 엄마는? 우리는? 그리고 나는?'

훨씬 더 복잡한 질문들을 던진다.

'나는 무엇을 위해 살고 있을까? 그것을 얻기 위해 무엇을 기꺼이 내줄 수 있을까?'

얼마 전까지만 해도 거의 모든 질문에 대해 분명한 답을 가지고 있었다. 그런데 지금은 잘 모르겠다.

다시금 누군가 가까이 다가오더니 내 얼굴에 대고 뭐라 중얼거리고는 금속 문을 밀며 밖으로 나간다. 마침내 분명해진다. 나는 이제 모든 사람들에게로 나아가야만 한다.

정말 그래야만 하는 걸까? 지금 이 순간, 확실한 게 딱 하나 있긴 하다. 나의 보호복, '프로텍터(다 함께 건강합시다.)'가 그립다, 사무치게.

"이제 그만 가자."

사미라가 말했다. 오스카는 이미 기차에서 내려 플랫폼 위에 서 있었다. 그 애는 다양한 음료팩이 들어 있는 자동판매기로 뛰어갔다.

고무보트를 타고 강을 건너는 건 그다지 나쁘지 않았다. 매번 다른 자동차를 갈아타고, 낯선 숙소에서 잠을 잔 것도 견딜 만했다. 하지만 이 거대한 도시로 오는 동안의 기차 여행은 정말로 최악이었다. 사람들이 너무 가까이 다닥다닥 붙어 있었다. 일인용 승차 칸은 없었고, 여섯 명씩 모여 앉아야 했다. 에어컨은 작동하지 않았다. 복도에는 많은 사람들이 여행 가방 위에 앉아 있었고, 아이들은 더러운 카펫 위에서 뒹굴며 놀았다. 화장실이 고장 나 있어서 손도 씻을 수가 없었다.

사미라가 나를 잡아끌어 함께 기차에서 내렸다. 출구 쪽으로 걸어가는 동안 아까 본 검은색 가죽 재킷을 입은 남자를 지나쳤다. 그는 종이봉투를 구기고 입에 묻은 캐첩을 손등으로 대충 훔쳤다. 손에 안티셉트도 바르지 않은 채 계속 걸어갔다.

출구에는 신문을 파는 작은 가게가 있었다. 할아버지 한 분이 그 앞에 서서 역 안을 둘러보았다. 나는 안전실에 걸린 할머니의 사진에서 자주 보곤 했던 그 얼굴을 단박에 알아보았다. 물론 사진 속에서는 훨씬 젊어 보였지만.

"할아버지!"

나는 소리쳐 부르며 앞으로 달려갔다.

클린랜드

첫판 1쇄 펴낸날 2021년 4월 30일
3쇄 펴낸날 2022년 5월 15일

지은이 마틴 쇼이블레 **옮긴이** 김완균
펴낸이 박창희
편집 김수진 **디자인** 정진희
마케팅 최창호 **회계** 양여진

펴낸곳 (주)라임
출판등록 2013년 8월 8일 제2013-000091호
주소 경기도 파주시 심학산로 10, 우편번호 10881
전화 031) 955-9020, 9021 **팩스** 031) 955-9022
이메일 lime@limebook.co.kr **인스타그램** @lime_pub

ISBN 979-11-89208-77-6 44850
979-11-951893-0-4 (세트)

* 이 책에 쓰인 아이콘은 프리픽(Freepik)에서 제공받았습니다.
* 잘못된 책은 구입하신 서점에서 바꾸어 드립니다.
* 본서의 반품 기한은 2027년 5월 31일까지입니다.